D0676937

Pascale Gautier

Les vieilles

Gallimard

Cet ouvrage a précédemment paru
aux Éditions Joëlle Losfeld.

Pascale Gautier est directrice littéraire aux Éditions Buchet-Chastel. Ses romans ont été reconnus comme des textes singuliers et littérairement exigeants. Parmi eux *Trois grains de beauté*, qui a reçu le Grand Prix SGDL du roman, et *Fol accès de gaîté*, tous deux publiés aux Éditions Joëlle Losfeld.

À ma vieille

1

La télé est à fond. L'immeuble entier en profite. C'est Mme Rousse qui est sourde comme un pot. Elle est gentille à part ça, Mme Rousse. Elle est vieille depuis si longtemps ! Tous les mardis, elle va au salon de coiffure «chez Josée». Un salon minuscule, à l'abri des intempéries et des métamorphoses. Josée aux cheveux rouges coiffe avec application une kyrielle d'octogénaires qui viennent chez elle parce qu'elles se sentent en confiance et parce qu'elles sont toujours venues là. Mme Rouby expliquait ça l'autre jour pendant que Josée lui faisait sa permanente. Quand on est toujours allée chez quelqu'un, on a du mal à changer, c'est bête, mais c'est comme ça. Mme Rousse, donc, a les cheveux en casque permanenté bleu-violet. Aujourd'hui est le jour des amies. Elle a acheté une tarte aux pommes à la pâtisserie Miale, sorti les assiettes à dessert en porcelaine de Limoges et préparé le thé. Elle ne sait pas qui viendra. C'est chaque fois la surprise. La salle à manger de Mme Rousse est de toute beauté. Des rideaux roses tricotés main ornent les trois fenêtres qui donnent sur la rue Jean-Eymard. Une tapisserie bleu azur décorée d'oiseaux blancs qui volent dans tous les sens couvre les murs. Un lustre façon bronze qui doit peser trois tonnes reste bizarrement accroché au plafond et menace la table en bois massif qui est pile dessous. Mme Rousse est une amie des arts. Chaque année, le 15 août, des artistes locaux à la retraite exposent leurs œuvres à la salle des fêtes. Chaque année, Mme Rousse achète une toile et la fixe sur la tapisserie aux oiseaux blancs. Cela fait un mélange de couleurs idéal pour vous donner la migraine. La télé est sise sur le petit meuble qui jouxte la table en bois massif. Impossible de la rater. C'est ce qui agace Mme Rouby. On ne s'entend pas chez Mme Rousse, il y a toujours le poste qui braille. Mme Rousse n'en a cure, le bruit la berce. Enfant, elle vivait au bord d'une nationale où des hordes de camions, nuit et jour sans jamais s'arrêter, bombaient comme des malades. Elle se souvient encore de ce huit tonnes qui avait heurté la maison des voisins, pété le mur et foncé dans la cuisine et les cabinets avec un bruit de ferraille extraordinaire. Elle avait été éblouie par cette fanfare sauvage. La télé, à son âge, c'est pour le plaisir. Même Mitsou pense comme elle. D'ailleurs, il est passé où, celui-là? Elle s'est installée sur sa chaise et attend. Les publicités s'en donnent à cœur joie. On dirait des cigales qui, dans le bois, sur un arbre, font entendre leur voix charmante. Mme Rousse entend leur doux bourdonnement et ne s'étonne même plus. «Sauvez un cochon, mangez un chat!» Pourquoi pas, finalement. La pendule à coucou que ses enfants lui ont offerte pour Noël sonne avec virulence. Sur l'écran, des Chinois castagnent des Tibétains. Elle en voit un qui saute à bas de son char et fonce droit sur l'ennemi. Prompt, il lance sa javeline : elle fend et le casque et l'os ; la cervelle est toute fricassée. Le Chinois bondit et achève le quidam ; il lui coupe les mains, lui tranche le col, et l'envoie rouler, tout comme un billot, à travers la foule. C'est dégoûtant. Puis elle voit un Tibétain féroce foncer sur le Chinois qui se prend pour un héros. De sa dague, il le frappe à l'épaule, lui tranche le bras droit. Le bras tombe à terre, sanglant, et dans les yeux du Chinois entre en maître la mort rouge. Ça sonne. Et comme elle n'entend rien. Ça entre. Voici Mme Rouby, essoufflée, qui marche à petits pas. Puis qui se fige devant la télé. D'autres Chinois torturent à petits feux d'autres Tibétains. C'est horrible et c'est en direct.

«Madame Rousse, je ne peux pas boire mon thé devant ça !

— Vous êtes trop sensible, madame Rouby.»

Heureusement, les publicités reprennent et s'en donnent à cœur joie. On dirait des cigales qui, dans le bois, sur un arbre, font entendre leur voix charmante. Mme Rouby s'assied. Mme Rousse prépare le thé.

«Ça n'a pas l'air de s'arranger en Chine, soupire Mme Rouby.

— Bah ! C'est loin la Chine !

— Ça n'a pas l'air de s'arranger nulle part, soupire Mme Rouby.

— Bah ! Nulle part, c'est pas chez nous !

— Ça n'a pas l'air de s'arranger chez nous non plus», soupire Mme Rouby.

Mme Rousse coupe la tarte et sert son invitée.

Pendant quelques minutes, elles mâchouillent de conserve.

« Elle est réussie votre couleur, madame Rousse, articule enfin Mme Rouby.

— Oui, mais vous aussi vous êtes réussie, madame Rouby, dit Mme Rousse, ça va bien avec votre foulard. »

Les cheveux de Mme Rouby sont roses, le foulard est rose. Mais la vie n'est pas rose. Grand soupir de Mme Rouby qui détourne la tête et prend la pose de la Vierge de la cinquième angoisse.

« Ça ne va pas ? demande Mme Rousse.

— Quand je pense qu'il était en bien meilleure forme que moi et qu'il est mort comme ça, d'un seul coup !

— Les hommes partent les premiers, regardez autour de nous, il n'y a que des veuves…

— Moi qui lui disais qu'il faudrait qu'il s'occupe de moi, qu'il allait devoir se rendre compte que j'étais fatiguée…

— Il devait être malade, le pauvre…

— Le pauvre ! Il s'est toujours arrangé pour faire ce qu'il voulait. Je lui ai toujours obéi, au pauvre ! Il a eu sa vie réglée comme il l'entendait. J'ai toujours plié. Toujours obéi. Et il me laisse tomber au moment où, plus que jamais, j'ai besoin de lui ! On ne se refait pas, madame Rousse ! Quand on a été soumise toute sa vie, on reste soumise. Je m'étais dit que, s'il partait avant moi, je pourrais enfin faire des voyages, vivre comme je l'entendais. Eh bien, maintenant, je reste bloquée dans cette maison trop grande. Et je passe mon temps à avoir peur. J'ai peur le jour, j'ai peur le soir, j'ai peur la nuit. Je déteste cette maison et en même temps je n'arrive pas à la quitter. Je sens bien que c'est ridicule mais on est comme on est et on n'y peut rien…

— Mais vous pouvez regarder la télé, ou écouter la radio…

— C'est lui qui regardait la télé et écoutait la radio. Je ne l'ai jamais fait. Et puis, quand on n'a jamais fait quelque chose, on ne va pas s'y mettre un beau matin à la fin de sa vie ! »

Ça sonne et ça entre. Une minuscule vieille au casque permanenté bleu-vert salue joyeusement la compagnie. C'est Mme Chiffe qui prie matin midi soir et vit dans la joie du Seigneur. Heureusement qu'Il est là pour nous soutenir et nous guider. Mme Rousse propose tarte et thé. Mme Chiffe acquiesce et se tourne vers Mme Rouby.

« On ne vous a pas vue ce matin à la cathédrale. On a prié pour votre cher mari.

— J'ai oublié », murmure Mme Rouby qui prend la pose de la Vierge de la cinquième angoisse.

Quelques anges passent et la télé fait comme si de rien n'était. Sur l'écran, des Américains castagnent des Irakiens. Il y a beaucoup de fumée et beaucoup de bruit. Mme Rousse mate avec avidité, Mme Chiffe commente :

« Encore une guerre pour le pétrole !

— Pour les voitures !

— Et une fois qu'ils ont une voiture, ils se tuent aussi ! Vous avez vu le petit Olivier, le fils du pharmacien ? Direct dans un arbre ! Il avait son permis depuis un mois…

— Tout ça pour ça !

— L'argent nous perdra !

— L'argent nous a perdus !

— L'homme est un loup pour l'homme !

— Brune matinée, belle journée ! »

Heureusement, les publicités reprennent et s'en donnent à cœur joie. On dirait des cigales qui, dans le bois, sur un arbre, font entendre leur voix charmante.

2

La porte du garage s'ouvre. La Peugeot 305 noir brillant astiquée du matin avance en ronronnant. Il fait un signe à sa femme sa fille l'ami de sa fille son fils et son chat. Il tourne à gauche puis à droite puis monte la route familière. Il va chercher maman pour le déjeuner dominical. C'est un calvaire. Mais elle a quatre-vingt-huit ans. Ça devrait un jour s'arrêter. Maman habite à trois kilomètres. Il faut monter jusqu'au lac.

Elle est postée derrière sa fenêtre. Elle a l'habitude de rester des heures, là, à compter les voitures qui passent. C'est fou le monde qui roule. Comme d'habitude il est en retard. Elle lui a pourtant donné l'argent pour acheter sa nouvelle voiture. Elle sait que c'est sa belle-fille qui tient les cordons de la bourse. Lui est influençable, irresponsable. Même pas fichu d'être à l'heure.

La voiture glisse sur l'asphalte. Il respire à fond. Une lumière crue blesse les yeux. Il ralentit et prend le chemin de terre. Il laisse le moteur en marche, se précipite vers la porte et sonne.

Elle entend peut-être.

Il sonne de nouveau, entre, monte les escaliers, arrive au salon.

Elle est assise, tête penchée, devant la fenêtre.

« Hé ho !

— …

— Hé ho ! maman, je suis là !

— …

— HÉ HO !

— Je ne suis pas sourde. Ce n'est pas la peine de hurler.

— Tu vas bien ?

— Quoi ?

— TU VAS BIEN ?

— Et pourquoi j'irais mal ?

— C'est aujourd'hui l'anniversaire de la mort de papa…

— Et qu'est-ce que ça change ?

— … Bon, on y va ? »

Il saisit son bras, elle chancelle, il la rattrape. Elle marche comme si elle faisait du ski de fond. Ce qui n'est pas évident dans les escaliers. Elle est grise. Ses yeux sont quasi fermés. Ses oreilles sont quasi bouchées. Elle ne pèse pas lourd dans ses bras.

« Ça va ?

— Je ne suis pas en porcelaine.

— Tu as fait quoi ce matin ?

— Rien d'extraordinaire. Que veux-tu que je fasse ?

— …

— Je suis seule. Tu verras quand tu y seras. On ne peut pas comprendre avant. Mais ton tour viendra. Personne à qui parler. Personne.

— Je te rappelle que j'habite à trois kilomètres. Que nous nous voyons toutes les semaines.

— Je ne comprends pàs ce que tu dis.

— QUE NOUS NOUS VOYONS TOUTES LES SEMAINES.

— Mais tu as ta femme, tes enfants, ta vie. Tu as d'autres choses à faire. Tu n'es pas disponible. »

Il claque la porte, cherche les clefs, ne les trouve pas.

« Où sont les clefs, maman ?

— À leur place.

— Non, j'ai regardé, elles n'y sont pas.

— Alors elles se sont envolées.

— Des clefs ne s'envolent pas !

— Et pourquoi pas ? »

Énervé, il la plante là, monte les escaliers, va dans la cuisine, le salon, la chambre, redescend, trouve les clefs sur la porte.

« Elles étaient sur la porte, tu ne pouvais pas me le dire !

— Je te l'ai dit, tu ne m'écoutes pas.

— Tu ne m'as rien dit !

— Évidemment, c'est toujours de ma faute ! Depuis toujours, c'est toujours de ma faute !

— Ah ! Ne recommence pas !

— C'est toi qui me critiques ! Et il faut que je sois contente qu'on vienne me chercher et me trimballer comme un vieux meuble. Quelle misère ! Et ta femme qui va regarder si je mange correctement, si je n'en mets pas partout. Prête à me faire enfermer dès les premiers signes de gâtisme…

— Arrête de parler comme ça de Françoise ! Elle est gentille !

— Gentille ? !! Comme tu es naïf, mon pauvre Paul !

— Arrête ou je te sors de la voiture !

— Tu n'en es pas capable.

— … »

La Peugeot 305 noir brillant astiquée du matin remonte le chemin de terre. Le ciel est bleu comme s'il était pur. Les oiseaux chantent. C'est un matin d'avril. Il demande à sa mère de mettre sa ceinture. Elle ne bouge pas d'un pouce. Concentré, il se penche, tend le bras, elle le regarde d'un regard de poisson mort. Clac ! Elle est en sécurité. Un silence épais s'installe dans l'habitacle. Depuis quelque temps, il se sent mal à l'aise avec elle. La route est déserte. La lumière brûle. Il la regarde à la dérobée. Elle a mis sa tenue de sortie. Une jupe longue, un pull qui la cache, un foulard qui couvre ses épaules. La tête, décharnée, émerge. Il la regarde et se dit que c'est sa mère. Il a du mal à le croire. La voiture glisse sur l'asphalte. C'est un bruit très doux. Elle s'est tassée sur elle-même. On dirait un bloc tendu silencieux hostile. Il met la radio. Une voiture les dépasse en klaxonnant. Elle sursaute. Il pose sa main sur son genou pour la rassurer. Elle se tourne alors vers lui, radieuse :

« Je savais bien qu'un jour tu m'emmènerais à Lourdes ! »

3

Le téléphone sonne et elle ne l'entend pas. Elle est dans sa cuisine. Le soleil illumine la ville, le quartier, la rue Pérolière, l'immeuble, l'étage et la pièce où elle officie. C'est une journée bleue qui commence. Elle a fait chauffer de l'eau dans laquelle elle va mettre un peu de café. C'est son en-cas du matin. Avec du pain dur qu'elle trempouille dans son bol. Ça n'a pas vraiment de goût. Mais elle en a plus qu'assez de cuisiner. Elle l'a fait toute sa vie, pour son mari et son fils, puis pour son mari qui avait toujours besoin d'une entrée un plat un fromage un dessert. Manger lui sort par les yeux. L'eau frémit sur la plaque électrique. Elle saisit la casserole. Sa main tremble comme une feuille est secouée par le vent d'automne. Elle entend soudain le téléphone, fait tomber la casserole et se précipite. Un jour elle va se casser la figure, c'est sûr. En attendant elle saisit le combiné et appuie sur tous les boutons en même temps. Le téléphone se tait, vaincu. Pensive, elle le regarde longuement. C'est son fils qui le lui a changé. Il paraît qu'il est pratique, fait exprès pour les personnes âgées. Elle prend l'engin et retourne à la cuisine. Tout est renversé, tout est à recommencer. Le téléphone sonne. Miracle, elle l'entend et appuie sur le bon bouton.

«Allô!

— …

— Allô, Lucette?!

— Oui?

— C'est bien Lucette?

— Oui, et vous?

— C'est Maguy! Vous ne me reconnaissez pas?

— Si si, Maguy…

— Maguy, la sœur de Mauricette!

— Oui, oui, dit-elle sans savoir et en s'asseyant.

— Je vous appelle pour vous donner des nouvelles de Virginie.

— Virginie qui a un cancer au sein?

— Oui, ils viennent de lui en trouver un autre au poumon.

— La pauvre.

— Ça, les cancers aujourd'hui…

— Tout le monde en a…

— Et même maintenant tout le monde en a plusieurs! Vous vous souvenez du pauvre Clovis?

— Le boulanger? Celui qui est mort?

— Oui. Eh bien lui, il en avait cinq! À l'œsophage, à l'estomac, au foie, au poumon, au cerveau! Une horreur!

— Mon Dieu!

— Et ce qu'il a souffert, je ne vous dis pas! La morphine ne faisait même plus d'effet.

— Le pauvre.

— Sa femme n'en pouvait plus. Avec les hôpitaux

qui sont complètement débordés, les trois quarts du temps, ils vous renvoient à la maison pour faire la chimio chez vous.

— Mais elle en a que deux ?

— Qui ?

— Virginie. Elle en a que deux de cancers ?

— C'est déjà pas mal !

— Il faut bien mourir de quelque chose…

— Le plus tard est le mieux, Lucette, le plus tard…

— Elle a quel âge, Virginie ?

— Quarante environ.

— C'est le mauvais âge.

— Tous les âges sont mauvais pour tomber malade.

— Vous savez, Marie-Françoise…

— Maguy, Lucette, Maguy…

— Oui, Marie-Paule, avant, on avait la guerre. Et c'était autre chose ! Il faut bien que les gens meurent. Alors le cancer…

— Et vous, Lucette, comment allez-vous ?

— Moi, ça va, je n'ai pas le cancer.

— C'est bienheureux !

— C'est pas comme la petite Virginie ! Vous la connaissez, Virginie ?

— ?

— Eh bien on vient de lui trouver un deuxième cancer.

— …

— Si je me souviens bien sa mère déjà avait eu un cancer du sein, et puis sa tante aussi. Quand c'est comme ça dans les familles, ça ne rate jamais ! C'est

23

pas comme chez nous. Rien. Pas un. Je suis en pleine forme.

— Tant mieux !

— Il faudra bien mourir quand même.

— On y passe tous, hélas…

— Oui, mais certains plus tôt que d'autres. Avant-hier, je suis allée à l'enterrement d'Olivier, je ne me souviens plus de son nom, Olivier, le petit-fils d'un cousin du côté de la famille de mon mari, vous voyez qui ?

— Non.

— Eh bien lui, il roulait à fond, vingt ans, un arbre, boum, plus personne !

— Ah ! Je vois qui c'est ! Il y avait sa photo dans le journal ! Olivier, le fils du pharmacien. Vingt ans, mort encastré dans un platane… Il avait son permis depuis un mois. Je ne savais pas qu'il était de votre famille…

— Ça c'est encore pire qu'un cancer.

— Oui mais au moins il est mort sur le coup.

— Cette pauvre Virginie !

— Cette pauvre Virginie !

— Et son sein, ils le lui ont enlevé ? »

4

Trois mois qu'elle est arrivée. Enfin ! Il était temps ! Elle en avait plus qu'assez du boulot. Il y a un moment où on décroche, on a beau dire. En tous les cas c'est ce qu'elle ressentait, Nicole. Trente ans au guichet de la poste de Moisy, on peut avoir envie de s'évader. D'ailleurs elle a tout programmé depuis longtemps. Elle a toujours pensé à sa retraite. C'est important d'anticiper. Ses parents lui ont appris. Penser à après-demain parce qu'on ne sait jamais de quoi demain sera fait. Elle a passé sa vie à préparer son nid douillet pour quand elle aura passé le cap des soixante. Et voilà qu'elle y est. Elle a choisi cet endroit qui a vraiment un drôle de nom à cause de ses trois cent soixante-cinq jours de beau temps par an. C'est ce que l'office du tourisme annonce. Et c'est bien agréable parce qu'il fait grand bleu non stop. Nicole aime le beau temps. Elle trouve que même les cons quand le soleil brille c'est plus facile à supporter. À Moisy, ce n'était pas marrant tous les jours. La pluie des semaines entières ! Des averses continues et froides. Que d'eau ! Il paraît qu'on en manque. Elle leur conseille, à ceux qui disent ça, d'aller s'installer là-bas ! On raconte vraiment n'importe quoi pour affoler les gens. Elle ne s'est jamais fait avoir. On nous dit des mensonges. Ses parents le lui ont appris. Elle est vite devenue imperméable. Passer le bac. Passer le concours pour travailler aux PTT. Être fonctionnaire. Avoir un emploi sûr, jusqu'à la retraite. Ouvrir un plan épargne logement. Devenir un jour propriétaire. En attendant, s'installer près de ses parents pour pouvoir profiter d'eux. S'occuper tellement d'eux qu'elle a oublié de s'occuper d'elle. Ce que ses parents ont toujours trouvé normal. Elle s'est laissée faire, elle le sait. Elle aimait dîner chez papa maman tous les soirs. Elle aimait prendre son petit déjeuner chez papa maman tous les matins. À midi, en semaine, c'était la cantine. Le samedi et le dimanche, ils partaient se promener. Papa avait un faible pour les châteaux de la Loire qu'ils ont vus en boucle pendant des décennies. Pas d'imprévu. Un monde réglé et ouaté. Avec les années, elle est devenue la nounou de papa maman. Et papa maman se sont transformés en vieux bébés capricieux. On dirait parfois que tout est programmé : quand elle finit de rembourser son emprunt, maman meurt d'un cancer ; l'année d'après papa meurt d'une crise cardiaque et six mois plus tard elle est à la retraite.

Finalement, rumine-t-elle en regardant un magnifique lever de soleil, c'est le premier grand chambardement de sa vie. Elle a tout quitté et se retrouve seule dans une ville qu'elle ne connaît pas. Derrière le massif montagneux, la lumière fuse. C'est un matin rose brouillé par de minuscules nuages bleus. Puis voici l'aurore au trône d'or. Elle regarde, éblouie, et se dit que rien que pour ça, ça en valait la peine. Elle reconnaît alors le vieux qui transpire et s'essouffle sur le trottoir en bas de chez elle. Il porte une longue barbe blanche et un short. Il court la bouche grande ouverte. Il doit faire un bruit de locomotive. Il passe tous les matins et progresse à un train de sénateur. Quatre-vingt-dix ans ! La concierge le lui a dit. C'est Pierre Martin qui s'entraîne. Il se prépare pour le marathon de Londres. Quarante-deux kilomètres et des brouettes. Un malade ! Il n'a pas l'air pourtant, songe Nicole impressionnée. Il est mince, sec, avec un côté squelette mais le visage est beau et les yeux brillent de gaîté. Elle aime bien le regarder passer. Il est le plus alerte de tous les autochtones qu'elle a croisés jusqu'à présent. Elle en a fait la réflexion à la concierge qui lui a rétorqué : « Mais qu'est-ce que vous croyez ! Trois cent soixante-cinq jours de beau temps par an, ça attire les vieux ! Pourquoi vous êtes venue vous, hein ? On ne commence pas une vie ici. On la termine. Ça fait longtemps qu'il n'y a quasiment plus de boulot. Par contre des vieux, il y en a à la pelle. Et c'est grâce à eux s'il y a encore un peu d'activité dans le coin ! L'hôpital et la clinique sont archipleins ! Pour avoir un rendez-vous avec un docteur, il faut au moins trois mois. Vous n'avez pas intérêt à être pressée ! Il n'y a jamais eu autant d'aides à domicile. Vu le nombre de décès, la muni-cipalité a fait construire un superbe crématorium qui fonctionne à merveille. Vous venez juste d'arriver ! Regardez autour de vous et vous constaterez que vous êtes une véritable jeunesse ! » Elle avait protesté.

Mais la concierge au regard farouche avait poursuivi en lui recommandant d'aller se promener derrière la préfecture, dans le quartier historique de la ville. Là, elle verrait !

Elle était allée voir… Derrière la préfecture se trouvait une colonie de vieilles ruelles bordées de vieilles maisons. Vieux toits de vieilles tuiles, vieilles façades repeintes en vieux rose, vieux pots de vieilles fleurs posés là, arrosés de vieille pisse de vieux chiens. Elle avait d'abord croisé une femme d'un âge incertain qui peinait à pousser son caddie vide. Elle faisait du trois mètres à l'heure, empaquetée dans un manteau épais et informe. Puis un homme à tête de crapaud s'était approché en boitant. Sa peau bistre était couverte de verrues. Il ne l'avait pas vue, s'était arrêté, glougloutant quelques mots incompréhensibles pendant que sa main gauche sortait de la poche de son pantalon, s'élançait dans les airs, s'arrêtait en plein vol puis retournait dans sa poche. Cinq fois comme ça avant de s'éloigner. Une vieille accrochée à une moins vieille l'avait bousculée sciemment. Elle les avait vues modifier leur trajectoire et foncer sur elle. La plus laide lui avait donné un coup de canne en ricanant. Un pépé était alors apparu, tenant en laisse un chien hideux dont les deux pattes de derrière ne touchaient plus le sol. Une chose à roulettes était fixée à son arrière-train pour lui permettre d'avancer. Mon bébé, répétait-il, mon bébé, mon bébé ! Elle avait poursuivi jusqu'à une place, envahie de pigeons gras, qui s'ouvrait sur un cours. On n'est pas sérieux quand on a quatre-vingt-dix-sept ans et des tilleuls verts sur la promenade. Là, installées sur des bancs, des cohortes d'antiques, des brochettes de permanentes bleues, des colonies d'yeux aveugles et de cannes blanches. Un soleil froid illuminait la scène. Elle n'avait jamais vu ça. Des dizaines et des dizaines de créatures décrépites en plein conciliabule. Telles des mouches dans l'étable qui bourdonnent autour des pots remplis de lait, telles étaient-elles toutes en train de parler de leur tension, de leur cœur, de leur cataracte, des soins qui n'étaient jamais assez bien faits, des médecins qui n'étaient jamais assez attentifs, de tout cela qui, avant, ne se produisait pas, parce qu'avant, bien sûr, avant était l'âge merveilleux de leur jeunesse d'or.

5

Sur le toit, Mitsou, tranquille comme Baptiste,
attend que ça passe. Il fait presque chaud. Une lumière
amicale dore la ville. Il reconnaît les premiers signes
du printemps. L'air est délicieux et gris. Du toit de la
maison de Mme Rousse, Mitsou voit tout. La rue Jean-
Eymard est bordée de maisons anciennes aux façades
mal entretenues. Comme les autres rues du centre,
la rue Jean-Eymard est piétonnière. Il y a là encore
quelques bureaux et des commerçants. Mais moins
que dans la rue Pérolière, qui est tout au bout. Sur
la droite, se dresse le clocher de l'église des Cordeliers. Autrefois, c'est ce que lui raconte en boucle
Mme Rousse qui a tendance à se répéter, autrefois le
clocher sonnait toutes les heures. C'était, paraît-il, un
très beau son. Mme Rousse aimait l'écouter au cœur
de la nuit. Et puis un jour les gens ont commencé à se
plaindre. Il y a même eu une pétition. Les vieilles du
quartier n'en pouvaient plus. Cette cloche était horrible et empêchait de dormir. Et la mairie a capitulé.
Mme Rousse le lui rabâche, les gens ne supportent
plus rien, c'est incroyable. Qu'est-ce que ce sera

quand il y aura vraiment de vrais problèmes ! Elle le regarde d'une drôle de façon quand elle part dans ses discours. Ses yeux bleus s'emplissent de brume. Il sait qu'elle est triste, Mme Rousse. Qu'elle ne se fait plus d'illusions sur rien. Elle le lui dit souvent quand elle a bu quatre verres de porto. Contrairement à la majorité des humains qu'il a fréquentés, malgré le porto, Mme Rousse ne se laisse pas aller et tient sa maison. Il aime son odeur, ses chaussons à pompons, sa cuisine, son radiateur en fonte. Même s'il passe son temps à se promener et à faire la tournée des habitantes du Trou, il revient régulièrement chez elle. C'est la meilleure crémerie qu'il ait trouvée depuis des lustres ! Elle n'imagine pas à quel point il comprend tout. Ce n'est pas parce qu'on est chat qu'on est bête. Il vit depuis si longtemps. Il a toujours élu domicile chez des vieilles, filles ou veuves. Un peu de compagnie féline les retient à la vie et les fait sourire. L'humain a bien faibli. Lui et ses collègues ont pris le pouvoir et investi les maisons. L'animal de compagnie est devenu le roi. Il dort dans le lit de ces dames, lui, il aime tenir toute la place. Avec Mme Rousse, il s'installe sur son épaule, là, au creux, bien au chaud. Il ronfle avec elle. Cela fait un joli duo. Il a son petit déjeuner préparé chaque matin. Il mange sur la table et sous le nez de Rousse qui le regarde comme s'il était l'enfant Jésus. Deux fois par semaine, elle va chez le boucher de la rue Pérolière, un grand crétin soit dit entre nous, et achète pour lui, Mitsou, une superbe tranche de foie de veau. Rien que d'y penser, il salive. Avec elle, il a appris les subtilités de la gastronomie. Les plats cuisinés, c'est

31

bien meilleur que les souris. Elle lui fait boire du porto. Il ne peut pas dire que c'est mauvais. C'est étrange, mais ce n'est pas mauvais. En plus, elle lui parle comme elle n'a jamais parlé à personne. Parfois, il préférerait qu'elle baisse le son. Il sait bien pourquoi elle est comme ça : elle lui parle parce qu'il ne lui répondra jamais. Elle est tranquille. C'est plus facile qu'avec son jules qui est mort Dieu ait son âme. Vraiment, l'humain a bien faibli. Ça l'amuse, Mitsou. Et la dégringolade n'est pas près de s'arrêter…

6

La Peugeot 305 noir brillant astiquée du matin prend le chemin qui conduit à la maison familiale. Elle se rembrunit et se tasse contre la vitre. Paul klaxonne pour prévenir sa tribu. C'est à croire que la tribu n'attendait que ça. Aussitôt sa femme sa fille l'ami de sa fille son fils apparaissent. On dirait ces marionnettes qui, mues par un ressort, bondissent hors de leur boîte et vous sautent au visage. Leur visage à eux, par contre, semble bloqué sur un rictus qui veut peut-être dire bienvenue. Elle soupire. On dirait des lapins.

« Que dis-tu, maman ? demande Paul.

— Des lapins, on dirait des lapins.

— Écoute, essaie d'être aimable ! Ça commence à bien faire ! Les lapins, comme tu dis, te reçoivent et sont souriants, eux !

— Si tu le dis.

— Je le dis ! Effectivement !

— Je ferais mieux de me taire.

— Ça serait une très bonne idée ! »

Elle le regarde soudain et il sent deux balles noires

heurter son front, fracasser l'os, traverser le cerveau, sortir de l'autre côté de son crâne.

«Bon, on y va.

— Allons-y.»

Françoise ouvre la portière côté belle-mère.

«Bonjour, Mamoune! Comment allez-vous?

— Bonjour, Mamoune!» s'exclame le chœur des lapins au fond de la scène.

Elle tend son sac, on le lui prend, elle tend son foulard, on le lui prend, elle s'extirpe péniblement et manque perdre l'équilibre. Les lapins, alertes, se précipitent. Elle les repousse.

«Je ne suis pas encore handicapée!

— On voulait juste vous aider, réplique Françoise.

— Je n'ai besoin de personne», dit-elle en se dirigeant vers la porte d'entrée.

Françoise regarde Paul qui regarde sa tribu. Les plus jeunes soupirent et se disent qu'ils en ont marre de se taper l'antique. Ça va encore être fun! Paul les ignore et se dirige vers la porte d'entrée.

C'est une jolie maison en béton qui résonne entourée de jolies maisons en béton qui résonnent. C'est un lotissement qui a poussé comme un champignon, pas loin de la ville. Pour aller à son travail rue Jean-Eymard, Paul met seulement dix minutes. Ils sont bien, là. Pas les ennuis de la ville, pas les ennuis de la campagne. Une chance en or. Ils ont même une espèce de terrain, derrière, où Françoise étend les lessives. Ils habitent au numéro 19 de l'allée des Groseilliers. C'est poétique. Le bus passe devant la baie vitrée. C'est pratique. Il y a quatre-vingt-dix pavillons. Une fausse cheminée trône dans la salle à manger. Ils vivent là depuis dix ans. Pour distraire sa mère, Paul branche l'interrupteur et des flammes de pacotille clignotent en silence. Même si tout cela ressemble à une corvée, Paul se dit que c'est bien, et qu'il est bon de recevoir sa mère une fois par semaine. On est une famille. Quand même. La mère de Françoise, il ferait pareil si elle était à trois kilomètres, seule, comme sa mère. Sa fille allume la télé. Et Paul demande si c'est une bonne idée quand on passe à table de brancher le poste. On lui répond massivement que oui. Il ne dit mot et donc consent. Elle regarde autour d'elle et prend la pose de la Vierge de la cinquième angoisse. Tous s'affairent, mettent la table, sortent les bouteilles, touillent la salade. Elle s'en fout et ne bouge pas le moindre petit doigt. Paul, zen, l'installe, près de la fenêtre, pas loin de la télé.

La télé qui ne rate jamais une occasion de nous raconter des choses formidables présente la femme de la semaine. Et tous, devant leur assiette, matent l'écran plat pour savoir qui est l'heureuse élue. Aujourd'hui, mesdames et messieurs, aujourd'hui, la femme de la semaine, c'est Angèle Pompon ! Angèle Pompon au destin tragique et hors du commun, Angèle qui vient de fêter ses soixante-quinze ans et que notre reporter émérite est allé interviewer dans sa cellule !

« Y'en a des aussi vieux en taule ? s'exclame le fils.

— Pourquoi pas, rétorque la frangine, pourquoi parce qu'y seraient vieux qu'on leur flanquerait pas des beignes quand ils déconnent ?

— Julie ! s'exclame Paul.

— Elle est sourde.

— Julie ! rebelote Paul.

— Les vieux, moi, ils me gavent ! Il y en a partout et…

— Chut ! écoutez ! » s'exclame Françoise.

Angèle au destin tragique et hors du commun se retrouve en prison parce qu'elle s'est sacrifiée pour aider sa fille Amélie et son ami Jean-Benoît. Des jeunes plus vraiment jeunes qui n'ont jamais travaillé mais qui consomment. Angèle avait beau tout leur donner, ça ne suffisait pas. Elle a découvert un jour que Jean-Benoît absorbait des substances illicites et que c'est ça qui coûtait si cher. Elle a décidé de remonter la filière puis elle a sympathisé avec les mecs du réseau. Une vieille, ils ont halluciné. Puis ça les a amusés. Finalement une vieille, ça pouvait le faire. Et elle l'a fait ! À soixante-quinze ans ! Elle est devenue la reine du deal à la gare du Nord. Comme quoi, les vieux ont de l'avenir ! Il ne faut pas désespérer !

« N'importe quoi ! murmure Paul.

— Super la vieille ! s'exclame l'ami de la fille de Paul.

— Si les vieux se mettent à dealer, murmure Françoise.

— Il faut bien gagner sa croûte ! s'exclame le fils.

— Tout ça pour finir en taule à soixante-quinze ans, murmure Paul.

— Ça coûte moins cher qu'une maison de retraite », susurre Françoise.

Angèle regarde dans le vide. Ses yeux sont vides. Il fait gris dans la cellule. Mais elle a un toit sur la tête. Ce n'est pas facile parce qu'ils sont nombreux là-dedans et qu'il n'y a pas le confort. Mais finalement, ce n'est pas pire qu'avant. Ses yeux sont vides. Non pas pire du tout. Angèle regarde dans le vide.

« On pourrait pas éteindre ? demande Paul, c'est gai ce reportage…

— Mon pauvre Paul, marmonne Mamoune, tu es bien trop sensible. »

Scotchés, tous observent la vieille qui lutte contre une feuille de salade grande comme une oreille d'éléphant.

« Pardon ? interroge Françoise.

— Vous, mêlez-vous de ce qui vous regarde.

— Je ne vous permets pas !

— Je vais me gêner !

— Paul !

— Françoise !

— Cette salade n'est pas bonne, et ces feuilles sont immenses. J'imagine qu'il y a de l'agneau après puisque je déteste ça ?

— Paul !

— Françoise !

— Maman !

— Mamoune ! »

Fracas de chaises. Larmes. On éteint le poste.

« Pourquoi vous arrêtez la télé ? » demande Mamoune étonnée, arborant son air de sainte-nitouche.

7

Mme Chiffe ferme sa porte. Elle est restée trop longtemps chez Mme Rousse et n'a pas vu l'heure. Elle va être en retard pour la célébration aux Cordeliers si elle ne fait pas attention. C'est la fin d'après-midi. Elle n'y est pour personne, elle qui passe sa vie chez les uns chez les autres à essayer de rendre service. Elle est comme ça. Elle aime son prochain, comme d'autres ne supportent personne. Elle, l'homme, elle n'arrive pas à le croire mauvais. Et pourtant, elle voit bien que la situation n'est pas glorieuse et qu'à la longue, à force de chercher, on va finir par trouver. N'empêche, il y a tellement de belles choses aussi, de réussites étonnantes, de personnes exceptionnelles, de moments où l'on pourrait croire à la paix. Où l'on aimerait croire à la paix. Mme Chiffe tourne autour de sa table, cherche un verre, de l'eau, s'assoit. C'est une drôle de chose l'homme, finalement. Capable du pire et du meilleur. Elle, elle ne veut pas voir le verre à moitié vide mais le verre à moitié plein. Pas comme cette pauvre Mme Rouby qui passe son temps à geindre. Mme Rouby l'agace c'est un fait, ce n'est pas bien parce qu'elle vient de perdre son mari et que c'est une épreuve, mais quand même. Mme Rouby s'est toujours prise pour une duchesse. Avec ses poses hautaines et son air de ne pas y toucher. Son mari, qui était son opposé, n'a pas dû s'amuser tous les matins. Mme Chiffe est veuve depuis si longtemps. Elle s'est mariée avec Robert, le fils de Robert. Il devait reprendre l'exploitation paternelle. Robert, elle le voit flou maintenant. Il faut dire que ça a été bref. Quelques mois d'approche, le mariage, trois mois après, plus personne. Volatilisé, le Robert. On n'a jamais su. Ça a été la honte pour elle. Ses beaux-parents étaient furieux et lui en voulaient. Elle n'a jamais compris et s'est éclipsée. Heureusement, elle a toujours cru en Dieu. Contre mauvaise fortune, elle a toujours fait bon cœur. À quoi ça sert de s'énerver ? Ça avance à quoi ? À rien. Elle l'a vérifié cent mille fois. Il faut rester humble, il ne faut pas se mettre en avant. Elle se lève, ouvre sa fenêtre. On ne va pas crier avant d'avoir mal. Elle n'a pas quitté sa ville natale. Elle est devenue institutrice et a appris à des générations d'écoliers à lire et à écrire. Elle ne s'est pas remariée et s'est installée dans ce rez-de-chaussée, place de la Doucette, pas loin de la rue Jean-Eymard où habite Mme Rousse. Tout a bien changé depuis son lointain mariage. D'abord, ils sont tous devenus vieux, ceux qui ne sont pas morts. Et puis ça se construit de partout, autour de la ville. Ça s'étale ! Des lotissements, des maisons, des immeubles. Le soleil attire les hommes. Alors qu'il n'y a rien de plus meurtrier. Ce sont des personnes âgées qui viennent. Ils ont l'impression qu'être au soleil va leur faire voir la vie en rose. Ils viennent du nord, de l'est, de l'ouest et même du sud. Ils viennent de l'étranger. On ne comprend souvent rien à ce qu'ils disent. Le béton prolifère. Les arbres disparaissent. On élargit les routes. On construit des ronds-points. On rénove les carrefours. Adieu les chemins de son enfance ! Adieu les odeurs de mai ! L'air s'appauvrit. Mais elle ne veut pas devenir comme les autres. Tout change. Tout a toujours changé. Ce n'est certainement pas plus mal qu'avant. Il ne faut pas voir le verre à moitié vide. Ces gens qui arrivent, ça n'est pas forcément mauvais. Il faut s'habituer. C'est vrai que le flux s'est intensifié ces derniers mois. Entre les vieux d'ici et les vieux d'ailleurs, ça fait un paquet de vieux. Ils le disent à la télé, maintenant, on va vivre jusqu'à cent quatre ans facile. Un léger vertige saisit Mme Chiffe qui n'a que soixante-quinze ans. Quand même ! Elle n'aurait jamais cru que le monde devienne si performant ! Qu'un jour l'homme vive jusqu'à cent quatre ans alors qu'au Moyen Âge à vingt-quatre on était un vieillard. Dehors, un vent d'avril secoue les arbres. Qu'est-ce qu'on peut faire pendant cent quatre ans ? C'est que c'est long même si c'est court. Il y en a qui vont s'ennuyer. Elle, elle sait que non. Chaque jour, jusqu'à la fin, elle ira aux Cordeliers remercier Dieu de son infinie bonté. Elle ira rendre visite à plus vieux et plus malheureux qu'elle. Il y en aura toujours. Elle ira rendre visite à Mme Rousse qui est son amie. Et elle s'enfermera chaque jour, quelques minutes, pour respirer, comme aujourd'hui, bien à l'abri. Là, chaque jour, elle lira à voix haute les poésies qu'elle adore. Elle se lève, se dirige vers l'étagère, saisit un volume et ses lunettes. Elle tourne les pages, son visage s'illumine. L'homme est bon parce qu'il écrit. Elle respire et murmure pour elle-même : «Mon Dieu, faites que dans la paix, des anges nous conduisent vers des ruisseaux touffus où tremblent des cerises lisses comme la chair qui rit des jeunes filles, et faites que, penché dans ce séjour des âmes, sur vos divines eaux, je sois pareil aux ânes qui mireront leur humble et douce pauvreté à la limpidité de l'amour éternel.»

8

Rouby rentre à cinq heures. Le thé chez Mme Rousse était infect, comme d'habitude. Elle s'est ennuyée, comme d'habitude. Aucune discussion intéressante, comme d'habitude. Elle ferme à clef la porte d'entrée de sa maison. C'est une jolie maison entourée d'un joli jardin dans le quartier historique du Trou. Il y a trois serrures. C'est plus sûr. Puis elle vérifie la porte du garage, une serrure, la porte de la buanderie, une serrure, la porte de la cave, une serrure. Elle se retrouve dans le hall, au pied de l'escalier, et se dit qu'elle n'a pas fermé la porte d'entrée. Elle se précipite et ouvre pour vérifier que c'est fermé. Une fois la porte ouverte, elle referme le tout. Ça l'occupe un moment. Elle a peur des voleurs. Il y en a eu un il y a vingt ans. Son mari était vivant heureusement. Il était passé par la fenêtre de la cuisine et avait volé tous les objets précieux de la maison. Les tableaux, les poteries, le coq en cristal, les danseurs bretons en céramique achetés l'année de leur mariage. Heureusement, quelques mois plus tard, la police les avait appelés. Le voleur était sous les verrous. Ils avaient tout récupéré. Une chance. Le problème avec les fenêtres, c'est qu'on peut les briser facilement. Il suffit de monter sur le balcon et de casser les carreaux. Elle ferme donc les volets. Le jour comme la nuit. Elle vit dans une cave. Oui mais au moins elle est à l'abri. Ses amies lui disent de se raisonner. Que c'est triste de vivre dans le noir comme ça. C'est facile de dire et de donner des conseils. C'est facile! Elle aimerait les y voir! Et quand Mme Chiffe lui dit qu'elle est seule depuis des années et qu'elle vit en laissant tout ouvert, ça la fait rire, Mme Rouby. Chiffe, elle a l'habitude. Elle, elle n'a pas l'habitude. Et quand on n'a pas l'habitude, on ne la prend pas, surtout à son âge. Elle, elle passe son temps, dans son salon, à écouter. Au cas où il y aurait un voleur. Elle ne met plus la radio. N'allume pas la télé. Rien. Les autres se moquent d'elle. Mais les autres ne savent pas ce que c'est que d'avoir peur. Quand elle y réfléchit, ses premiers souvenirs ne sont que des souvenirs de terreur. Sa sœur lui a conseillé d'avoir un chien. La maison est vide, un chien lui tiendrait compagnie et réagirait face aux fameux voleurs. Elle n'aime pas les chiens. Elle n'aime pas les animaux. Tous ces gens qui les font entrer chez eux la dégoûtent. C'est sale, les chiens. Ça met son nez dans le caca. Ça laisse des poils partout. Elle n'aime pas l'odeur. Et puis, elle n'en a jamais eu. Et quand tu n'as jamais eu de chien, tu ne prends pas un chien comme ça. Les gens sont incroyables. Elle voit bien qu'on la considère d'un air méprisant. En fait, tout l'énerve. Elle n'a plus envie de rien. Elle en a plus que marre et toutes ces bonnes femmes l'enquiquinent. Elle a pris sur elle toute sa vie. Elle n'a plus envie de faire d'effort. Il a osé la planter là. Il est mort. Tranquille. Peinard. C'est encore elle qui doit tout assumer, elle n'en peut plus. Elle qui a toujours détesté cette maison, elle s'y retrouve seule ! C'est lui qui a voulu habiter ici. C'est lui qui disait qu'ils se rapprocheraient ainsi de leur pays et de leurs familles. Naître et revenir mourir au Trou. De toute façon, ils n'avaient pas d'amis qui les retiennent ailleurs. Et puis, c'était connu, ici il fait beau trois cent soixante-cinq jours par an. Pour la retraite, le beau temps, c'était vraiment bien. Elle n'avait pas eu son mot à dire. Comme d'habitude. Monsieur tranchait, monsieur décidait. Puis les corvées étaient pour elle. En même temps, leur vie, ça n'avait pas été n'importe quoi. Il y en a qui peuvent quand même les envier. Leur vie, ils l'ont vécue. Tous les deux. Pendant soixante ans. Ce n'est pas banal ! Il y en a des couples qui ont craqué bien avant. Elle n'est pas comme ses sœurs qui se sont fait battre comme plâtre. Ça, il l'a toujours respectée. Il était autoritaire et elle en avait peur mais il l'a toujours respectée. Ça, personne ne peut le lui enlever. Soixante ans ! Ce n'est pas rien. Même si, aujourd'hui, elle se demande si c'est vraiment quelque chose. Qu'est-ce qui reste ? Rien. Leurs enfants sont loin. C'est lui qui les a dressés. À part le travail, il n'y avait rien dans la vie. Bilan, ils ont tous un boulot à l'autre bout de la planète et personne n'est là, près d'elle. De son temps, on n'était pas comme ça. De son temps, on s'occupait de ses parents, on vivait avec eux, on les prenait en charge, on les aimait. Aujourd'hui, débrouille-toi !

Même sa fille, pourtant on pourrait penser qu'une fille et une mère ont des liens plus intimes, même avec sa fille c'était raté! Cela dit, sa fille est une catastrophe. Par contre, ils appellent tous, tous les jours! Comment ça va? Est-ce que tu manges? Et tes factures? Une vraie litanie! S'ils savaient comme ils l'ennuient! Mais ils n'ont rien d'autre à dire. Que les choses matérielles. Que ce qui ne l'intéresse pas. Ils sont étrangers depuis si longtemps. Elle s'est décidée: quand le téléphone sonnera, elle n'y sera pour personne. Elle n'a même plus envie de faire semblant. L'avantage, c'est qu'ils pensent qu'elle est sourde. En fait, elle est sourde mais elle est surtout furieuse. Elle s'est fait avoir toute sa vie. Ce qu'elle aurait aimé, c'est être un homme. Avoir le pouvoir. Avoir le travail valorisant. Ne pas récupérer toutes les corvées. Elle aurait voyagé, elle aurait fait le tour du monde, elle aurait rencontré des personnes remarquables, et pas des Chiffe et des Rousse. Elle aurait été quelqu'un! Alors que lui n'avait aucune ambition, aucune élégance véritable. Pour la rabaisser, faire le beau parleur, l'empêcher d'exister, il était toujours là. Mais à part ça, il était lamentable! Son repas, sa sieste, sa télé. Pendant soixante ans, elle a supporté ça. Le pire, c'est qu'il lui manque. Elle n'a jamais eu rien d'autre. Ces dernières années, ils les ont passées enfermés tous les deux dans leur maison morte. Le rituel de chaque jour. Loin du monde et des autres. Ils ne voyaient presque personne parce qu'il n'aimait personne. Il lui a fait perdre toute confiance en elle. Au moins, quand il était là, elle pouvait le rendre responsable de tous ses maux. Aujourd'hui, elle ne peut plus se défouler sur lui. Aujourd'hui, elle est en train de sombrer dans le grand vide désespérant. Le téléphone sonne, elle ne répond pas. C'est un beau jour d'avril. Dehors, la lumière s'en paye une tranche. C'est somptueux. Le ciel est d'un bleu irréel. On se croirait dans un film américain. La nature est un décor qui scintille. Bientôt les héros vont entrer sur scène. Elle ne voit rien derrière ses volets clos. Mutique, elle marche d'une pièce à l'autre. Cuisine, couloir, salle à manger, couloir, cuisine, chambre. On dirait un chien qui tourne sur lui-même infiniment. Ses pantoufles traînent sur les carreaux. Ça fait un bruit sinistre. Dans le noir du jour, elle entend alors la voix humaine de la solitude et du silence.

9

Le téléphone, énorme, avec des touches larges comme des soucoupes, rutile sur la commode. On dirait un char d'assaut. Quand ça sonne, une ampoule rouge clignote. Un incroyable mugissement transperce les murs, les plafonds, grimpe jusqu'au grenier. On ne peut pas ne pas l'entendre ! Ou alors c'est qu'on est mort, lui avait dit l'installateur. Lucette n'avait pas voulu le contrarier. Ces jeunes, ils sont vraiment sûrs d'eux. Et ça vous fait des leçons. Et à votre place, je ferais ça et ça et ça ! Causez toujours. Si ça vous rassure. Le téléphone, elle s'en moque. C'est encore une nouvelle idée de son fils. Elle en a une vraie collection ! Le dernier, elle n'arrivait pas à appuyer sur les bonnes touches. Celui-là, elle ne le sent pas. On dirait un jeu en plastique pour débile. En plus, elle ne peut pas se déplacer avec. L'autre, elle n'arrivait pas à le faire marcher mais elle pouvait l'emporter avec elle. C'est comme ça qu'elle l'a perdu d'ailleurs. Celui-là, il faudra s'asseoir à côté. Ça ne lui plaît pas. Pas compliqué, madame ! Décrochez pour voir ! Non ! Là vous avez mis la bouche où il faut mettre l'oreille! Dans l'autre sens! Voilà! Vous entendez la tonalité? Elle avait répondu froidement non. Inquiet, il avait saisi le combiné. Pourtant elle y est la tonalité, madame. Peut-être que vous êtes sourde? Non, avait-elle répondu froidement. Il n'avait pas insisté et avait débarrassé le plancher. Elle est assise à côté du téléphone. Sur une chaise droite qui lui fait mal au dos. Elle observe l'engin qui est d'une laideur confondante. Elle entend soudain le tocsin. L'objet se met à clignoter furieusement. On dirait une machine qui va vous sauter dessus. Saisie, elle saisit le combiné. Dans le bon sens.

«Allô!

— …

— Allô, Lucette?!

— Oui?

— C'est bien Lucette?

— Oui, et vous?

— C'est Maguy, vous ne me reconnaissez pas?

— Si si, Maguy…

— Maguy, la sœur de Mauricette!

— Oui oui, dit-elle sans savoir et en se calant sur sa chaise.

— Je vous appelle pour savoir si vous avez lu le journal ce matin…

— Le journal de ce matin? Je ne l'ai pas eu.

— C'est vraiment incroyable, il y a tout un grand article sur une femme de soixante ans qui vient d'accoucher.

— Soixante ans!

— Soixante ans!

— Mais elle est folle!

48

— Et le père, vous n'imaginez pas, le père, ils ont pris ce qu'il fallait dans une banque de sperme.

— Dans une banque ?

— Oui da !

— Quand même les médecins, c'est des dangereux !

— Et ce petit, quand il aura dix ans, sa mère en aura soixante-dix !

— Ou peut-être qu'elle sera déjà morte !

— Il n'y a pas d'âge pour mourir…

— Et le père, il ne saura jamais qui c'est ?

— Il y a de fortes chances.

— Encore un qui va terminer délinquant ! Comment voulez-vous que les jeunes s'en sortent ? Toutes ces familles mélangées avec des enfants de l'un, des enfants de l'autre, et des demi-frères et des demi-sœurs…

— Vous connaissez Virginie ?

— Celle qui a un cancer au sein et un cancer au poumon ?

— Oui ! Eh bien elle, son père de soixante-cinq ans vient de se marier avec une fille de vingt-trois. Sa belle-mère pourrait être sa fille !

— De notre temps, ça ne se passait pas comme ça !

— Ça ne risquait pas !

— De notre temps, on n'était pas fou comme maintenant. Mais tout ça, Maguy, toute cette pagaille, ça vient direct de Mai 68 ! Vous vous souvenez de Mai 68 ?

— Et comment !

— Ils en parlaient à la télé l'autre jour et ils

disaient que tout le désordre de maintenant est la conséquence de tout ce qu'on a mis cul par-dessus tête à ce moment-là !

— De Gaulle, c'était quelqu'un !

— Sûr qu'il était pas comme les pitres qu'on a aujourd'hui à la tête du pays !

— N'empêche que la pauvre Virginie, ça ne doit pas être rose tous les jours !

— Et tous ces vieux qui se mettent avec des jeunes…

— C'est dégoûtant !

— Il n'y a vraiment plus d'ordre !

— En Afrique, ils sont bien polygames !

— Oui, mais ils sont en Afrique…

— Pensez-vous, il y a vingt-cinq mille foyers polygames en France !

— Comment vous savez ça, vous ?

— À la télé, je l'ai entendu à la télé, à trois heures du matin, je ne dormais pas, c'est fou ce qu'on apprend ! Il y a plein de polygames dans les banlieues…

— Heureusement, dans notre bonne ville du Trou, ça ne risque pas d'arriver !

— N'empêche qu'il faudrait nettoyer le pays !

— Il n'y a vraiment plus d'ordre !

— Et puis ils doivent en faire des enfants ceux-là ! Ils n'ont pas besoin de banque de sperme !

— Quand même, de Gaulle, c'était quelqu'un ! »

10

C'est plus fort qu'elle, elle met ses chaussures, enfile une veste et fonce vers le garage. La voiture est là. Une 106 verte constellée de bosses. Elle sourit et se précipite sur la porte. Une porte lourde, pas pratique du tout. Elle se baisse et relève le pan de bois avec une énergie surprenante. La lumière entre et illumine soudain la voiture qui se met à briller de contentement. Elle ouvre la portière, pose son sac à côté d'elle, bien en vue. Elle démarre et laisse le moteur tourner. Il faudrait qu'elle mette ses lunettes de soleil, sinon elle ne va pas voir grand-chose. Mais elle ne sait plus du tout où elles sont. Alors tant pis, elle fera sans. Elle avance, sort de la maison puis de la voiture, referme la porte, reprend sa place au volant. C'est un jour d'avril. Le bleu du ciel par-dessus les toits. Les arbres bientôt en fleurs. La beauté du moment la remplit de joie. Elle accélère et se retrouve vite sur la route, direction Le Trou. Personne à droite personne à gauche. C'est ce qu'elle imagine. Elle sait que ce n'est pas bien. Qu'à son âge, conduire n'est pas prudent. Mais elle adore ça ! C'est le dernier plaisir qui lui reste. Sa fille l'a prévenue : elle va faire enlever la voiture, comme ça il n'y aura plus de problème. Elle sera malheureuse ce jour-là. En attendant, elle ment et jure qu'elle ne touche plus le volant. Dans sa voiture, elle est libre. Il ne peut rien lui arriver de mal. L'engin ronronne. Elle doit faire du trente à l'heure et roule très très à droite. Trop même. Parfois, elle bascule sur le côté. Jusqu'à présent, elle a presque toujours réussi à rétablir le véhicule. La dernière fois qu'elle est restée coincée dans un fossé, un charmant jeune homme l'a sortie d'affaire. Elle a toujours eu de la chance. L'engin avance avec douceur et elle a l'impression que le monde lui appartient. Elle suit toujours le même itinéraire. Elle descend par la Mouline, dépasse le grand séminaire, il y a ensuite un carrefour qui lui demande beaucoup d'attention, puis c'est tout droit jusqu'au centre-ville. Elle se gare sur le parking du lycée. De là, elle fonce à la boulangerie puis revient. Ça ne dure pas plus de dix minutes et le parking est gratuit pendant une demi-heure. Elle rentre chez elle par le même chemin. Elle est veuve. Gilbert est mort il y a déjà cinq ans. Elle n'arrive pas à y croire. Comme ça passe vite. Comme à la fois c'était hier et c'était il y a des siècles. Gilbert était un doux. Ils se sont tant aimés. Même mort, elle l'aime toujours. Lui aussi d'ailleurs. Elle n'en parle pas à sa fille qui la croirait folle, mais Gilbert lui rend régulièrement visite. Elle le voit. C'est toujours dans le jardin qu'il apparaît. Il est assis près du pommier et la regarde. Il ne dit rien. Il n'a pas l'air d'aller mal. Il reste comme ça, quelques minutes. Puis il lui sourit et lui tend la main. Elle n'a pas encore osé s'approcher.

La voiture avance lentement. La route vient d'être goudronnée. Autour d'elle, c'est un brouillard lumineux. Flou, le monde s'embellit. Une voiture la dépasse en klaxonnant. Elle n'y prête aucune attention. Et se souvient de ce voyage qu'ils ont fait avec Gilbert, quelques années avant sa mort. Ils avaient sillonné le pays du sud au nord. Ils avaient roulé, roulé, pendant des heures et des heures. Chacun son tour. Nez au vent. Ils n'avaient rien préparé, rien programmé. Juste le plaisir de la route et des kilomètres. Elle se souvient d'odeurs de blés coupés, d'herbes mûres et d'eaux. Ils ne parlaient pas beaucoup. Ils avaient certainement déjà tout dit. Mais ils étaient joyeux comme au premier matin du monde. Autour d'elle, rien ne bouge. Elle est partie très tôt. Les voisins dorment encore. Un long bras timbré d'or glisse du haut des arbres. Elle est seule et sourit au volant de son carrosse princier. Puis elle freine, met son clignotant et tourne à droite. On ne pourra pas dire qu'elle ne sait pas conduire. Elle laisse la voiture dans la cour, claque la portière, prend le pain, entre chez elle. Quelques minutes ont passé, lentes et claires. Il est neuf heures du matin. Elle n'a plus rien à faire.

11

L'auguste aréopage d'antiquités a fortement impressionné Nicole. Elle se dit qu'il faut réagir et ne pas se laisser aller à la déprime. Elle, qui n'a jamais fait un geste envers autrui, décide de fêter son arrivée dans la résidence. Il y aura bien quelques personnes de son âge ! Elle se plie en quatre et cuisine une kyrielle de boulettes, faites d'une pâte de farine et de poisson émietté, assaisonnées d'aromates et frites dans l'huile bouillante. Elle stocke du jambon, du saucisson, du boudin, du poulet, du lapin, du cochon, du bœuf et même de l'autruche patibulaire. C'est une véritable frénésie qui la dope. Elle prend la peine d'écrire une lettre d'invitation à chacun. Elle met la concierge dans la combine. Elle fait livrer du vin blanc du vin rouge des liqueurs des boissons sucrées et des boissons salées. Elle ne voit pas le temps passer. Voici soudain le jour J. Puis l'heure H.

Angoissée, elle met sa plus jolie tenue ; celle qu'elle a achetée pour son pot de départ à Moisy. Fébrile, elle attend. Un silence de plomb plane sur la résidence. C'est un jour bleu, comme tous les jours bleus. Pas un nuage à l'horizon. Un ciel net, pur, sec. Une lumière coupante comme un yatagan. Pour la première fois, elle se dit que les nuages ont leur charme. On n'imagine pas, finalement, à quel point le beau temps est consternant. Comme la vision de nuages, gros petit moyen blanc gris noir, est bonne pour le moral. Elle n'en revient pas de penser ça lorsque dong fait la sonnette. Elle se précipite. Ouvre.

« Comme c'est gentil à vous ! s'extasie une femme à l'air épuisé qui pousse dans la pièce le fauteuil roulant de sa maman avec sa maman dedans.

— Je vous en prie, c'est un plaisir !

— Je me présente. Je suis Ginette Chazalon, au troisième, bâtiment B. Je vis avec ma mère, Marguerite, qui est un peu fatiguée aujourd'hui. On ne restera pas longtemps…

— Mais non ! éructe Marguerite. N'écoutez pas ma fille, mademoiselle, elle dit n'importe quoi. »

La fille esquisse un sourire gêné.

« Tu m'as pourtant dit que tu as mal au ventre et que tu ne te sens pas bien…

— Tu as rêvé ! Je suis en pleine forme !

— Tu m'as pourtant dit que tu ne veux absolument pas manquer le film…

— Mademoiselle, excusez ma fille qui est outrecuidante ! Votre appartement est magnifique ! D'ailleurs, dit-elle en se tournant vers sa fille, c'est le même que le nôtre…

— Oui, mais elle est plein sud, et nous on est plein nord.

— Magnifiquè ! Votre appartement est magnifique !

Et toutes ces victuailles ! C'est magnifique ! Mon Dieu, où êtes-vous allée chercher tout ça ! »

Dong ! Redong !

« Excusez-moi !

— Faites, faites », miaule Marguerite en fusillant Ginette du regard.

Elle se précipite. Ouvre.

« Mieuaue euaou mieuaue eueu !

— Bonjour ? !

— Mieuaue euaou mieuaue eueu ! Mieuaue euaou mieuaue eueu !

— Bonjour, Félix ! caquette Marguerite. Vous ne connaissez pas Félix, mademoiselle ?

— Je n'ai pas le plaisir… »

L'être déficient avance, crispé sur ses béquilles.

« C'est le plus ancien habitant de la résidence. Et il est né dans notre bonne vieille ville. Un homme brillantissime, ce qui n'est pas évident au premier regard.

— Maman, ce n'est pas sympathique ! murmure Ginette.

— Mais vrai ! Monsieur était un fou de parapente. Vous connaissez le parapente ? »

Dong ! Redong !

« Excusez-moi !

— Faites, faites », miaulent Marguerite et Ginette en fusillant le fou de parapente du regard.

Elle se précipite. Ouvre. Et là, un bouquet de permanentes roses hoche du bonnet.

« C'est bien ici pour la crémaillère ? !

— Mais oui, entrez, mesdames !

— Mauricette Charavet, bâtiment A ! Brigitte

Davagnier, bâtiment B! Régine Daspet, bâtiment A! Agnès Gontard, bâtiment C! Isabelle Foulque, bâtiment C!»

Dépassée par les événements, elle n'enregistre pas mais fait entrer ces dames qui sentent la lavande. On dirait un champ entier fleuri dans le salon.

«C'est gentil à vous de nous inviter.

— Ça oui c'est gentil.

— Vraiment gentil.

— Gentil vraiment.

— Gentil gentil.

— Donc! reprend Marguerite, monsieur était un fou de parapente et…

— Servez-vous, propose-t-elle à la compagnie, servez-vous!

— Par un jour de grand vent, au lieu d'être porté plein sud…

— Comme c'est magnifique! C'est magnifique, ce buffet!

— Merci! C'était l'occasion de faire connaissance…

— Il est parti à fond plein nord, droit dans la falaise!

— Mieuaue euaou mieuaue eueu!

— Maman! tu pourrais parler d'autre chose…

— En petits morceaux, ils l'ont ramassé! C'est un miracle qu'il soit encore là. Par contre, on ne comprend strictement rien à ce qu'il dit.

— Maman…

— Il faut bien que mademoiselle connaisse ses voisins… Et puis ce qu'on dit, finalement, compris ou pas, hein? C'est du pareil au même tout ça…

— C'est dé-li-cieux! piaule Mauricette, cette chose blanche, là, c'est absolument dé-li-cieux! Qu'est-ce que c'est?

— Des rillettes d'autruche au yaourt.

— Ohhhh! C'est original! Ça, c'est original! Vraiment! Original, oui! Goûtez, Brigitte, je vous le recommande…

— Non merci. Y a pas des tourtons plutôt?»

Dong! DOdong!

«Excusez-moi!

— Faites! Faites!» chante le tapis de lavande en fusillant du regard les Chazalon, mère et fille, et Félix aux béquilles d'argent.

Elle se précipite. Ouvre. Et là, Pierre Martin, auréolé de gloire dans son short bleu, est sur le seuil. Ses yeux dorés brillent et la contemplent avec intensité. C'est un regard chaud qui la palpe de bas en haut et la pétrit dans tous les sens. Elle en danserait le Souappe d'Aoussa-Biné Double-Glisse mais elle se retient de justesse. «Pierre Martin», dit-il d'une voix chaude comme un triple Martini rouge bien tassé, «je suis l'homme de la résidence…» Il lui tend la main, elle lui tend la main. Elle a l'impression d'être assise sur la balançoire quand son cousin Émile la poussait et qu'elle montait de plus en plus haut, la robe retroussée sur les cuisses et le ciel dans les yeux.

À partir de ce moment, elle ne maîtrise plus rien. Le tapis de lavande part à l'assaut de Pierre Martin qui redouble de civilité. Même Chazalon mère oublie de harceler Chazalon fille. L'alcool coule dans les verres. Ils sont tous vieux, mais ils tiennent tous le choc. Ça n'arrête pas de sonner, ça n'arrête pas d'entrer. Ils sont tous très très vieux. C'est une drôle de ville, se dit-elle. Elle ouvre grand les fenêtres pour aérer un peu. Vite, ils l'oublient. Vite, ils oublient la raison de leur présence. Seul Pierre Martin ne la lâche pas du regard. Vite, ils sont collés au buffet et s'empiffrent. C'est à croire qu'ils n'ont pas mangé depuis des mois. Tout est avalé en moins de deux. Elle n'a jamais vu ça. Pierre Martin s'approche d'elle et pose sa grande main chaude sur son épaule. La foudre transperce son omoplate. Elle n'a jamais éprouvé une sensation pareille. Elle a du mal à se concentrer sur le brouhaha qui l'entoure. Elle a chaud. Un soleil pas catholique illumine le décor. Elle a froid. Il n'y a plus d'autruche patibulaire, il n'y a plus rien à manger. Elle pense aux cinq doigts de la main de Pierre Martin. La porte d'entrée est ouverte. Ils sont partout, dans le salon, la cuisine, les chambres, les toilettes. Telles des mouches dans l'étable qui bourdonnent autour des pots remplis de lait, tels sont-ils tous en train de parler de leur tension, de leur cœur, de leur cataracte, des soins qui ne sont jamais assez bien faits, des médecins qui ne sont jamais attentifs, de tout cela qui, avant, ne se produisait pas, parce qu'avant, bien sûr, avant était l'âge merveilleux de leur jeunesse d'or.

12

De son poste d'observation, Mitsou a vu Rouby et Chiffe prendre la tangente. C'est le signal. Il est temps de bouger et de faire une visite intéressée à la vieille célibataire qui habite sous les toits. L'immeuble entier profite de la télé roussienne mise à fond. Au dernier étage, Paulette Ferreint n'arrive pas à écouter son émission préférée sur France Musiques. Elle a cru qu'après le départ des deux vieilles, ça se calmerait. Mais non. Mitsou, tel Arsène Lupin, saute par la fenêtre et se précipite sur un saladier de croquettes bio superbonnes qui coûtent la peau des fesses. La célibataire, pleine d'émotion, contemple l'animal qui ne pense qu'à son ventre. Ce chat est son ami. Il a une drôle de couleur mais elle ne peut plus se passer de ses visites. Repu, Mitsou grimpe sur l'épaule gauche de Paulette. Qui, forte du chat perché, prend son courage à deux mains et va sonner chez la télé infernale. Dong. Et dong. Silence. Notre amie ouvre la porte et se dirige vers le salon. Là, devant des assiettes vides et un thé refroidi, Mme Rousse pique du nez. Mitsou saute sur la table et renifle les assiettes d'un air supérieur. Paulette, empêtrée, se demande comment fait Mme Rousse pour dormir devant le poste récepteur de télévision qui hurle comme un dément. Ça n'a pas l'air de l'incommoder. Un filet de salive coule sur le chemisier vert d'eau. Paulette admire les beaux cheveux bleu-violet permanentés. Mitsou s'étire, bâille, saute et s'affale sur le radiateur le plus proche. Dans le poste, un reporter transi interroge une grand-mère au sourire carnassier.

« Qu'est-ce que ça vous fait d'avoir cent ans ?

— Je suis en pleine forme. J'ai cent ans. Et je n'ai pas dit mon dernier mot.

— Vous aviez toute votre famille avec vous pour fêter cet heureux événement ?

— Ils étaient tous là, à l'exception de mon fils aîné qui est mort, et de mon fils numéro quatre qui est un imbécile.

— J'ai entendu dire que votre petite-fille, la première de vos nombreuses petites-filles, prenait aujourd'hui sa retraite…

— Voilà effectivement qui donne un vrai coup de vieux !

— Cela fait donc trois générations de retraités dans cette belle famille française… On les applaudit bien fort ! »

Et la caméra de fixer les trois femmes : cent, quatre-vingts et soixante ans. Il n'y a pas à hésiter, c'est la centenaire qui a la pêche ! Paulette reste bouche bée. Mais voici les publicités ! Elles s'en donnent à cœur joie. On dirait des cigales qui, dans le bois, sur un arbre, font entendre leur voix charmante. Paulette s'assied pour ne pas en perdre une miette.

Mme Rousse ronfle comme un Prussien. « Sauvez un cochon, mangez un chat ! » Elle n'avait jamais entendu ça, Paulette. D'habitude c'est les Chinois qui mangent du chat. C'est pas des façons de civilisés. Le filet de bave glisse lentement mais sûrement sur le chemisier vert d'eau de Mme Rousse. Paulette se dit que si on commence à manger comme les Chinois, c'est que ça va sacrément mal. À force de toujours plus et de consommer n'importe quoi n'importe comment, on arrive au bout. Un bruit de tuyauterie extravagante fait sursauter Paulette qui regarde autour d'elle et découvre que c'est Mme Rousse, là, qui vient de s'exprimer. Mme Rousse dont les yeux ronds fixent soudain la voisine qui balbutie et s'excuse d'être là. Rousse sourit et propose un apéritif. Paulette ne veut pas déranger. Mais elle ne dérange pas et, hop, Rousse saute, allègre, bondit sur le placard, sort le porto deux verres des cacahuètes et, hop, allègre, est déjà installée, face à la télé, en train de servir. Paulette n'ose trop rien dire.

« C'est du bon, vous allez voir, il vient de là-bas… », murmure Rousse en trinquant.

Paulette opine, c'est du bon.

« C'est mon petit-fils qui m'en ramène chaque fois. Il est marié à une Portugaise. Il vit là-bas. Il paraît que c'est magnifique le Portugal. »

Paulette opine, c'est magnifique le Portugal.

Mais les informations commencent ! Paulette et Mme Rousse se concentrent et c'est un premier drame qui se passe, aujourd'hui, dans notre si beau pays. La centrale nucléaire de Pétaouchnok est fissurée. En un mot comme en cent, mesdames et messieurs, ça fuit ! Notre Président, qui a l'habitude de couvrir le moindre événement pour montrer son superbe profil de pâtre grec, a préféré envoyer son ministre de l'Environnement – qui n'est toujours pas arrivé. De toute façon, la centrale est en arrêt technique. De toute façon, si ça fuit, ça ne fuit pas chez nous ! Aucun risque d'extension de la zone toxique ! D'ailleurs, comme vous pouvez le constater, les autochtones ne bougent pas. Un reporter transi s'approche d'un autochtone assis peinard dans son jardin :

« Monsieur ! Monsieur !

— Mouais ?

— Vous êtes au courant que la centrale de Pétaouchnok est fissurée ?

— Ouais !

— Qu'en pensez-vous ?

— C'est encore n'importe quoi ! De toute façon, fissurée ou pas, c'est nous qu'on se ramasse la merde, donc je bouge pas, je suis chez moi, dans ma maison, elle est à moi, j'y reste ! »

Chers téléspectateurs, vous pouvez remarquer la ferme résistance du Pétaouchnokeux. Voilà qui pourrait bien servir d'exemple ! Avec la centaine de centrales nucléaires installées dans notre beau pays, ce ne seront pas les fissures qui vont manquer…

Paulette est tétanisée, Mme Rousse tète son verre.

Mais les informations continuent ! Le présentateur, sévère comme un pape, annonce que notre beau pays détient le triste record du plus grand nombre de cancers du sein. Une femme sur deux ! Chères téléspectatrices, c'est une véritable épidémie. Notre

Président, qui se bat sur tous les fronts pour aider le peuple français, a proposé une réduction du prix de vente des prothèses de cinquante centimes d'euro.

Paulette est tétanisée, Mme Rousse tète son verre.

Eh oui, les informations continuent ! Le présentateur, sévère comme un pape, annonce qu'une nouvelle jeune fille de dix-neuf ans, blonde comme les précédentes, s'est fait enlever par le monstrueux serial killer qui sévit en ce moment dans la capitale. On a retrouvé son corps coupé en petits morceaux dans le jardin des Tuileries. C'est la cinquième ! Notre Président, qui voit dans la femme l'avenir de l'homme, a proposé une distribution gratuite de perruques brunes.

Paulette est tétanisée, Mme Rousse tète son verre.

Pour finir, l'étranger, en bref ! Sur l'écran, des Chinois castagnent des Tibétains. À toute vitesse, côté chinois, un char agile roule sur des blessés. Sous le moteur, tout est souillé de sang. Il jaillit en éclaboussures. C'est dégoûtant. L'image se brouille puis, sur l'écran, des Américains castagnent des Irakiens. Il y a beaucoup de fumée et beaucoup de bruit. Mais tout cela n'est rien à côté de ce qui attend les Iraniens ! Notre Président, qui n'en perd pas une pour l'ouvrir, assure que si l'on veut la paix, il faut préparer la guerre.

Paulette, tétanisée, se tourne vers Mme Rousse :

« Mais c'est horrible ce qu'on entend !

— Vous savez, c'est tous les jours comme ça, on n'y fait plus attention.

— Mais si vous n'y faites plus attention, pourquoi vous regardez ?

— Ça tient compagnie ! ça fait une présence ! et puis on voit un peu où va le monde…

— Il va droit dans le mur, le monde…

— Et alors ? Ce ne sera pas pour nous ! Nous, on a fini notre vie, quasiment, on a eu le meilleur. Après nous le déluge ! Moi, je m'en fiche de ce qu'on va laisser à nos enfants et petits-enfants… Qu'ils se débrouillent !

— Mais c'est horrible ce que vous dites !

— Ma pauvre Paulette, vous êtes d'un naïf ! Vous croyez vraiment que parmi tous ceux qui nous entourent il y en a un seul pour se préoccuper de l'avenir de la planète ? ! Nous, les vieux, nous allons mourir et c'est notre seule hantise. Alors comment voulez-vous que nous ayons l'esprit à penser à comment ce sera après nous ! Après nous, vrai, on s'en fout comme de l'an quarante !

— Mais…

— Il n'y a pas de mais ! J'ai eu des enfants, Paulette, ce n'est pas comme vous. Eh bien je peux vous dire qu'à l'heure d'aujourd'hui mes enfants sont le cadet de mes soucis. Ce n'est pas mon fils qui va mourir à ma place. Par contre, c'est lui qui va se précipiter pour ramasser les quatre affaires que je laisserai.

— Mais…

— Il n'y a pas de mais ! Mes enfants, ma chère Paulette, je ne les supporte plus ! Dès que j'en vois un, il me rappelle ce que je ne suis plus ! »

13

Mme Chiffe sort de chez elle à fond de train. Elle va encore rater le début de la messe. C'est à cause de Francis Jammes. Elle en est tout émue. Elle manque se casser la figure et se dit qu'il vaut mieux tard que jamais. Notre Seigneur n'en est pas à deux minutes près. Elle longe une rue vide puis tourne à droite. Voici la rue Jean-Eymard. Ouf. La ville est vide. Où sont-ils donc tous? Elle sait qu'elles seront au maximum cinq à écouter le père Catelan. Partout, elle voit l'éclat lumineux de la sainte télévision briller dans les foyers. Partout, l'opium du peuple se répand. Et comme ils sont tous vieux et sourds, le son est au maximum. Cela fait une cacophonie épouvantable. Mme Chiffe soupire. Elle se souvient d'avant. Elle se dit qu'il ne faut pas voir le verre à moitié vide mais, avant, on se parlait, on passait du temps ensemble, un être humain était un être humain. Elle n'est plus sûre de ça aujourd'hui. Un être humain, aujourd'hui, hein, qu'est-ce que c'est? Vaste question, oui, vaste sujet, rumine-t-elle en franchissant le seuil de l'église des Cordeliers.

L'église des Cordeliers est obscure et fait des économies. Seul un lustre préhistorique éclaire vaguement l'autel où se tient le père Catelan, quatre-vingt-huit ans. Mme Chiffe a vu juste, elles sont cinq. Recueillies, rabougries, à genoux, au premier rang. Mme Chiffe s'installe le plus discrètement possible. Le père Catelan ouvre les bras et ne bouge plus. Il a l'air extrêmement inspiré. Puis il remercie notre Seigneur qui nous sauvera tous et nous donnera la vie éternelle, notre Seigneur qui voit bien notre triste état de pécheur mais qui nous pardonnera pour les siècles des siècles. Le père Catelan sourit, ferme les bras, contourne l'autel et harangue la foule. Dans ces temps pollués par l'incroyance, l'ignorance et l'intolérance, il faut plus que jamais prier. Que peut la prière face à la télévision, aux jeux vidéo, à la consommation, au gaspillage, à la pollution, à l'isolement de chacun, à l'incompétence crasse de ceux qui nous dirigent, à la guerre ? Rien ! La prière ne peut rien ! Mes sœurs, c'est ce qui la rend si précieuse ! Nous allons bientôt revenir à notre état premier. Tout va péter ! De grands règlements de comptes se préparent et de grandes catastrophes sont devant nous ! L'apocalypse est pour demain ! L'humain va être enfin jugé à sa juste mesure, misérable lamentable pitoyable ! Les églises sont vides, l'enfer sera plein ! Même pas cinquante euros pour le denier du culte, même pas de quoi régler la facture d'électricité ! Alors qu'ils ont tous leur voiture leur écran plat leur ordinateur ! Pareil mépris se paiera au centuple. Le père Catelan sourit. L'Islam, mes sœurs, l'Islam va nous ratiboiser menu ! La grande Inquisition revient au triple galop.

Il va y avoir un sacré ménage. Je vous le dis ! Ça va être sanglant ! Les sœurs, fébriles, remuent sur leur chaise. Toute cette libération des mœurs ! Tous ces avortements ! Tous ces homosexuels qui se marient et ont des enfants ! Toutes ces femmes de soixante ans qui accouchent ! Tous ces vieillards qui convoitent des adolescentes ! Tout cela, couic et couic ! Ça va faire mal et ça va faire du bien ! Le père Catelan sourit. Et tout cela, Dieu l'aura voulu. Ces épreuves innombrables qui vous attendent vont être l'occasion, pour vous pauvres pécheresses, de racheter vos innombrables fautes !

Mme Chiffe regarde ses voisines. Qu'est-ce qui lui prend au père Catelan ? Le sermon s'achève et le père demande aux chères sœurs de ne pas manquer de rendre visite à Mme Bouzige qui est en phase terminale chez elle. Puis il se met à chanter, et les sœurs avec lui. Jésus est notre berger. Jésus est notre sauveur. Les visages se détendent et les voix, fluettes, fausses, s'élèvent vers le lustre préhistorique. C'est le moment que préfère Mme Chiffe qui adore faire des vocalises. Le père Catelan sourit et ferme les bras les mains les yeux. Un silence religieux flotte par-ci par-là. Puis les prières reprennent et s'en donnent à cœur joie. On dirait des cigales qui, dans le bois, sur un arbre, font entendre leur voix charmante.

14

«Allô, Régine?

— Oui?

— C'est Mauricette! Vous êtes bien rentrée hier soir?

— Mais oui, Mauricette! C'était sympathique cette réception. Elle est drôlement jeune cette femme!

— Elle a quand même soixante ans.

— Une bagatelle! Je donnerais cher pour avoir soixante ans!

— Dites-moi, Régine, par hasard, vous n'auriez pas vu une dent?

— Une dent? Où?

— J'ai encore perdu ma dent de devant!

— Ma pauvre!

— Je me suis réveillée ce matin et j'ai vu ça en me regardant dans le miroir de la salle de bains. Si je l'avais avalée dans mon sommeil, je crois que je l'aurais senti. Non?

— Bien sûr, Mauricette, on n'avale pas une dent sans la sentir passer!

— Donc j'ai dû la perdre chez la dame ! Quelle honte !

— Ça peut arriver à tout le monde.

— Je n'oserai jamais aller lui demander !

— Vous voulez que je le fasse ?

— Surtout pas ! Et dire que je n'ai mangé que des rillettes d'autruche au yaourt ! »

15

On se rassoit. Julie mate sa grand-mère avec intérêt. Françoise apporte l'agneau rôti d'un air meurtrier.
Paul sent une légère fatigue. Il aimerait que tout se
passe bien. Et tout ne se passe jamais bien. Sa mère
déteste sa belle-fille. Sa femme ne peut pas encadrer
sa mère. Sa fille le trouve ringard et juste bon à être
une pompe à fric. Et voilà justement le mec de sa
fille qui, à l'aise comme chez lui, l'imbécile, rallume
la télé ! Ce type, s'il pouvait l'éradiquer direct, ce
serait une grande joie. Quant à son fils, ce crétin, il
en est à son quatrième verre de vin éclusé cul sec.
Comme s'il ne le voyait pas ! Picoler et ne rien faire.
Voilà la jeunesse d'aujourd'hui ! C'est dimanche,
pourtant. Jour du Seigneur. Jour de trêve et de repos.
Dans cinq ans, ils auront terminé de payer la maison.
Dans cinq ans, ce devrait être plus facile. Il a quand
même, en plus, ce plan retraite assez substantiel.
Plus un autre plan épargne. Plus ses enfants qui ne
travaillent pas et qu'il faut aider. Heureusement,
ils ne partent jamais en vacances. Ils vont chez sa
mère, à trois kilomètres, deux semaines pendant

l'été. Elle a une maison bien plus grande que la leur et la vue n'est pas la même. Ça rend Françoise folle, mais jusqu'à présent il a tenu bon. Heureusement, ils ne sortent jamais. Les restaurants, les bistrots, ils ne connaissent pas et c'est de l'argent gaspillé. Quand ils auront fini de payer la maison, ce sera le bonheur. Elle sera à eux. Ils seront sauvés. Enfin propriétaires. Le Président l'a dit. Il veut un pays de propriétaires. Au moins, quand on est propriétaire, on est quelqu'un. On a passé sa vie à payer pour être entre ses quatre murs à soi. Sa fille, quand il dit ça, le traite de vieux con. Mais elle n'a aucune mauvaise conscience à encaisser le chèque que le vieux con lui fait chaque mois. Quand il y pense, il se demande ce qu'il a fait de sa vie. Sa famille, les siens : de tristes étrangers. Mais la télé, en pleine forme, se met à beugler et soudain, comme chaque fois, il préfère oublier. Françoise découpe l'agneau et regarde sa belle-mère. La belle-mère, olympienne, arbore le masque marmoréen de celle qui est au-dessus de toute contingence matérielle. Le visage d'Angèle Pompon apparaît sur l'écran.

«Chères téléspectatrices, chers téléspectateurs, à vous de trancher! À vous de dire si vous pensez qu'Angèle Pompon mérite son triste sort! N'hésitez pas! Appelez le 00 00 00 00 00! Sachez que votre avis ne comptera absolument pas!

— Et si on appelait! s'exclame Julie.

— Ça ne va pas! s'exclame sa mère.

— Et si on appelait, s'exclame Mamoune, on pourrait dire qu'on la trouve courageuse, Angèle Pompon!

— Mamoune! qu'est-ce qui vous prend? s'exclame Françoise.

— Vous, mêlez-vous de ce qui vous regarde!

— Paul!

— Françoise!

— Julie!»

Le visage d'Angèle Pompon brille sur l'écran. On dirait un abat-jour avec une petite ampoule intérieure. C'est un gros plan silencieux de quelques secondes. Chose rare de nos jours sur l'écran cathodique. Tous, de sept à soixante-dix-sept ans, sont happés par l'image. L'image d'un regard qui marque encéphalogramme plat. Deux pupilles vert gris bleu marron tristes. Elle ne pleure pas, Angèle. Elle ne peut plus. Mais ses yeux sont comme deux lacs pleins à ras bord. Elle ne ressemble à rien, Angèle. Ce n'est vraiment pas la femme de notre Président. Elle a un visage un peu rond. Mais aussi un peu carré, un peu triangulaire et un peu rectangulaire. C'est notre visage à nous. Et finalement, on le sent, on le sait, c'est un visage qui nous veut du bien. D'ailleurs les chers téléspectatrices et téléspectateurs ne s'y trompent pas! Au 00 00 00 00 00, c'est l'émeute!

«J'appelle, bondit Julie.

— C'est ridicule! hurle sa mère.

— Et pourquoi? interroge Mamoune.

— Vous, mêlez-vous de ce qui vous regarde! explose la bru.

— Paul! Tu entends comme on me traite?!

— Elle est belle, Angèle, bondit Julie, et contrairement à vous tous elle se mouille dans la vie!

73

— Julie, c'est facile de dire qu'on ne se mouille pas! On paie pour toi depuis combien d'années?

— Vous n'avez que l'argent à la bouche! siffle Julie la rebelle.

— Cet argent, tu ne le refuses jamais!» siffle la mère au bord de la crise de nerfs.

La télé est débordée. Tout le monde vote pour Angèle Pompon, la femme au grand cœur. Que fait-elle en prison? C'est une pure injustice!

«Génial trop bien! murmure Julie.

— Une dealeuse! Une escroqueuse! s'exclame Paul.

— Parle à ma main, siffle Julie. Une héroïne!

— Julie, parle autrement à ton père, s'énerve Françoise.

— Mon père, ce héros?!» ricane Julie dans les starting-blocks.

Un audimat explosé! Angèle réhabilitée. Angèle sauvée. Angèle que nos hommes politiques, toujours aussi doués, veulent rallier à leur cause. Une horde de reporters transis débarque à fond de train. Les tauliers ne savent pas quoi dire quoi faire. Angèle ne sait pas quoi dire quoi faire non plus. Un premier journaliste lui saute dessus.

«Angèle! ça vous fait quel effet d'être la coqueluche des Français?

— …

— Angèle, blablate un deuxième, ça vous fait quel effet d'être la coqueluche du Président?

— …

— Elle est pas bavarde, Angèle, miaule Françoise réjouie.

— Angèle, questionne un troisième, ça vous fait quel effet d'être libre bientôt grâce à TV Peplum ?

— …

— Elle est même un peu con con, non ? demande Paul. Faut un minimum quand même ! Faut savoir dire trois mots à la télé.

— J'aime ma fille, dit soudain Angèle d'une voix grise, j'aime ma fille et elle ne m'aime pas !!! »

Un audimat explosé ! Angèle réhabilitée ? Angèle sauvée ? Mais où est la fille d'Angèle ? Qu'est devenue Amélie Pompon la fugueuse ? Si vous voulez en savoir plus ou influer sur le cours de l'enquête, faites le 00 00 00 00 00 !

Paul se sent morose d'un seul coup. La caméra ne lâche pas Angèle. L'agneau, finalement, il trouve ça mauvais. Julie et sa grand-mère font des paris sur la fille Pompon. Il n'aurait jamais cru ça de sa mère. Françoise débarrasse la table. Son fils s'est éclipsé. Un vide pesant sur la nappe. Dimanche, le jour qu'il exècre, parce que dimanche n'est pas réglé à la minute près. Sur l'écran, le visage d'Angèle bouche la vue. C'est le visage de ma voisine, c'est le visage de ma cousine, c'est le visage de madame tout le monde, et c'est pour cela que c'est un visage qu'on aime ! Nous sommes des gens formidables mais nous ne le savions plus ! Angèle, du fond de sa cellule et de son malheur, nous le rappelle ! Angèle que nous aurons oubliée dans trois heures mais qui, pour l'instant, est notre grande Consolante !

16

Mme Rousse nettoie sa cuisine. Il est treize heures trente. Elle a fini de déjeuner. Elle rince abondamment l'assiette le couteau la fourchette. Plus les années passent, plus elle aime manger. Pour être honnête, elle ne pense qu'à ça! Faire les courses, préparer un bon plat, le savourer. C'est le sel de la vie! Ses amies lui disent qu'elles n'ont plus l'énergie. Cuisiner pour leurs maris et leurs enfants, ça les a vaccinées. Elle, elle trouve que c'est tout le contraire! Depuis qu'elle est seule, elle n'a jamais autant apprécié. S'occuper de soi, se faire du bien, manger, boire et dormir. Que demander de mieux? C'est vrai qu'il y a Mitsou et qu'elle lui concocte chaque jour quelque chose. Ce chat est une vraie fine gueule. Non, Mme Rousse ne se laisse pas aller. Quand on n'a plus d'appétit, c'est le début de la fin. Elle le sait. Les vieilles qui ne mangent pas sont en sursis! Même si elle ne se fait plus d'illusions sur l'homme en général et les hommes en particulier, Mme Rousse entend profiter jusqu'à la dernière seconde de sa vie. Tous ces gens qui se plaignent alors qu'on a le confort ! La cuisine roussienne brille. Mitsou, repu, ronronne sur le radiateur en fonte. La propreté est le luxe des pauvres, disait sa mère. Ce n'est pas faux. Mme Rousse astique chaque jour le linoléum, la table en formica, les chaises en formica, le petit meuble en formica et l'évier. Formica. Elle aime le mot ! Elle essaie toujours de le placer pendant sa partie de Scrabble avec Régine Daspet. Elle y arrive rarement. La marque de brûlé sur la table de sa cuisine remonte à 1954. L'entaille dans la porte du petit meuble, c'est 1976 ; un vague petit cousin qui s'est défoulé avec un couteau et qui s'est pris la raclée du siècle. Mme Rousse soupire, range sa vaisselle et s'attarde. Sur le dessus en faux marbre du petit meuble en formica trône la photo de son père. Elle date de 1920. Mon Dieu ! Il est beau et jeune et méconnaissable. Dong, fait la sonnette ! et la porte s'ouvre ! et c'est Régine Daspet !

« Bonjour, madame Rousse !

— Bonjour, Régine !

— Je suis en avance ?

— Pas du tout !

— J'ai apporté un gâteau au chocolat !

— Je prépare le thé et je suis à vous ! Installez-vous et sortez la boîte ! »

Aujourd'hui est le jour du Scrabble de Mme Rousse et de Régine Daspet.

« Alors, quoi de neuf, Régine ?

— Mme Bouzige est mourante. Elle est rentrée chez elle. Ils ne peuvent plus rien. Vous la connaissez ?

— Et comment ! C'était la femme d'un cousin du frère de ma belle-sœur !

— ?

— Celle qui avait un pied bot.

— Ah! je vois!

— Bouzige! Bernadette Bouzige! Son mari la trompait avec tout ce qui passait et la battait! Elle n'a pas eu la vie facile! Et maintenant elle meurt!

— Tout a une fin!»

Elles sortent les pions, déplient le carton et commencent à jouer.

«Alors, quoi de neuf, Régine?

— Je suis allée à l'apéritif qu'a donné l'autre soir la nouvelle propriétaire de la résidence!

— Il y a quelqu'un qui vient d'arriver?!

— Oui! Une certaine Nicole Dupont! Elle a acheté l'appartement qui s'est vendu après la mort de Julien Bourassin. Vous vous souvenez de Julien Bourassin?

— Faites attention à ce que vous faites, Régine! AXOO, ça n'existe pas!

— Vous êtes sûre?

— Certaine! C'était qui, ce Bourassin?

— C'était un professeur d'université qui est venu s'installer ici à la retraite.

— Le grand chauve maigre comme un coucou qui n'arrêtait pas de parler de la Troisième Guerre mondiale?

— Oui!

— Celui qui nous annonçait la fin du monde pour demain, comme le père Catelan!

— Oui, mais le père Catelan est toujours là…

— Il buvait, non?

— Je ne sais pas… On l'a trouvé mort un beau matin avec la langue toute bleue…

— Bizarre ! Et maintenant c'est Nicole Dupont…
Elle le sait qu'elle vient après quelqu'un de mort avec
la langue toute bleue ?

— On peut faire confiance à toutes les langues de
vipères de la résidence…

— Et c'était bien son apéritif ? !

— Incroyable ! Avec des tas de choses pas possi-
bles ! Figurez-vous qu'il y avait même des rillettes
d'autruche au yaourt !

— WOLOF. J'ai réussi à le placer !

— Vous êtes sûre que ça existe, ça ?

— Langue nigéro-congolaise, la plus parlée au
Sénégal.

— Vous m'impressionnez, madame Rousse !

— Mais non, Régine, il suffit de se concentrer !
De l'autruche, vous dites ! C'est bon ça ?

— Dé-li-cieux ! Même que cette pauvre Mauricette a encore perdu sa dent de devant dedans…

— Mauricette, ce qu'elle est pas douée !

— SPERME.

— Régine !

— C'est un mot comme un autre, non ?

— Quand même !

— Ne faites pas la fine bouche, madame Rousse !
Ne faites pas votre Rouby !

— Ah ! ah ! ah ! Rouby Gnôle ! Ah ! ah !

— Madame Rousse !

— Et elle est comment, cette Nicole ?

— Elle a soixante ans.

— Soixante ans ! Mais c'est une jeunesse !

— Pierre Martin est dans les starting-blocks !

— Il va la faire courir…

— Il lui a rendu visite ce matin. Il a volé des roses dans mon jardin et il croit que je ne le vois pas !

— Vous devriez le coincer !

— Je ne suis pas comme ça.

— C'est vrai ! J'oubliais que vous étiez parfaite, Régine… »

Silence. Elles brassent leurs pions.

« Et vous, madame Rousse, quoi de neuf ?

— Rien. J'ai vu Paulette. Vous savez, Paulette, au dernier étage, qui vit seule et ne sort presque jamais de sa tanière sauf pour me dire de mettre la télé moins fort ?

— Oui oui.

— Elle n'a pas inventé le fil à couper le beurre mais elle est gentille. On a regardé ensemble le journal télévisé. J'ai cru qu'elle allait faire une syncope ! Tétanisée !

— Tétanisée ? !

— Oui, elle prend tout au premier degré ! Si vous prenez tout au premier degré, avec la télé, vous vous pendez direct !

— La pauvre… Mais elle n'a pas la télé chez elle ?

— Si, mais elle ne la regarde jamais. Elle n'aime pas ça du tout mais elle n'ose pas se débarrasser de son poste.

— C'est bizarre ça…

— Je crois qu'elle lit des livres.

— C'est bizarre ça… »

Silence. Elles brassent leurs pions.

« SEXE ! » barrit Régine.

17

Dong ! fait la sonnette. Elle n'attend personne et se précipite. Elle ouvre et, joie, Pierre Martin auréolé de gloire dans son short bleu est sur le seuil. Il lui adresse un sourire à faire fondre la banquise. Dans ses mains, un bouquet de roses roses. Elle sourit, rosit.

« Il ne fallait pas ! roucoule-t-elle en le faisant entrer.

— Ne vous inquiétez pas, ça ne m'a rien coûté ! Je les ai volées dans le jardin de Mme Daspet ! Elle en a plein et elle ne s'en apercevra même pas… »

Un peu refroidie, elle bisse :

« Vraiment, il ne fallait pas !

— Mais non, c'est vous qui n'auriez pas dû vous donner tant de mal ! Ça a dû vous coûter bonbon ! Et tout ça pour ces vieilles péronnelles !

— Elles ont l'air bien sympathique !

— Vous n'avez rien vu ! Il n'y a pas plus odieux que cette résidence. Je le sais. Je suis le seul mâle et j'ai droit à tous les ragots… C'est pire que la cour de récréation d'une école maternelle !

— Je suis sûre que vous exagérez…

— Vous vous ferez votre opinion. Vous n'êtes pas là depuis longtemps ?

— Trois mois.

— Ah…

— Quoi ah ?….

— Et vous vous sentez comment ici ?

— Je me sens très bien. Pourquoi ?

— Vous êtes jeune. Bien plus jeune que nous tous. Vous n'avez pas remarqué ?

— Eh bien…

— Forcément que oui, vous l'avez remarqué ! Vous êtes allée vous promener dans la ville ? Derrière la préfecture ? Vous les avez vues ?

— Vu qui ? Les vieilles ?

— Oui ! Le plus grand rassemblement de vieilles de la région ! Elles sont là tous les après-midi. On dirait les hirondelles, quand elles se préparent à partir et qu'il y en a des centaines sur les fils électriques. C'est effarant ! Hélas ! Contrairement aux hirondelles, elles ne s'envolent jamais…

— Vous voulez dire que la ville entière est pleine de…

— De vieilles ! Vérité vraie. On doit être une vingtaine de représentants du sexe opposé ! Nous les hommes nous mourrons les premiers… Forcément, les meilleurs partent toujours les premiers…

— Mais vous avez l'air en pleine forme ! rosit Nicole.

— Je le suis, Nicole, je le suis ! Il faut être en forme pour résister !

— Mais où sont passés les jeunes ?

— Tous partis ! Il n'y a pas grand-chose pour eux

ici. Quelques-uns végètent chez leurs parents – ceux qui ne foutront rien et qui vivront ad aeternam aux crochets de leur famille. Et puis il y en a parmi les toubibs, le service hospitalier, les pompes funèbres, les assurances. Ils sont minoritaires. Et ils changent souvent parce que l'ambiance dans cette ville est assez spéciale.

— Oui, mais il fait beau !

— Ah çà, il fait beau ! Grand ciel bleu sur le cimetière à perpétuité !

— Vous n'envisagez pas de partir ?

— Pour aller où ? Recommencer, ailleurs, à quatre-vingt-dix ans ? Vous plaisantez ?

— Pourquoi pas ? On vit si longtemps de nos jours…

— Je suis en forme mais je ne suis pas stupide ! Je suis né ici, j'y ai vécu toute ma vie, j'y resterai jusqu'à la fin. Ici ou ailleurs, même combat ! Et vous, qu'est-ce qui vous a amenée ici ?

— Moi ?

— Je ne vois que vous dans cette pièce.

— Moi, j'ai travaillé toute ma vie à la poste de Moisy…

— Moisy ?

— Moisy !

— C'est rigolo comme nom ! C'est où ça, Moisy ?

— Dans le Nord. Et ici, c'est pas mal non plus comme nom !

— Le Trou ?

— Oui. Habiter Le Trou, voilà qui n'est pas banal !

— Quitter Moisy pour Le Trou !

— À Moisy, il pleuvait tout le temps. Je n'en pouvais plus. Mes parents sont morts. J'avais fait un emprunt. J'ai toujours eu envie de m'installer au soleil. Une agence m'a vanté les mérites de votre superbe pays. Trois cent soixante-cinq jours de soleil par an. Je n'ai pas pu résister !

— Ils ne vous ont pas parlé de la moyenne d'âge des habitants ?

— Pas du tout !

— C'est étrange… En plus, depuis quelque temps, il y en a beaucoup qui viennent de très loin. Des vieux Japonais, des vieux Hollandais, des vieux Allemands… Ils achètent ou font construire. Il y a plein de nouvelles résidences, strictement identiques à la nôtre, qui poussent comme des champignons. Le Trou est en train de changer…

— C'est bien pour apprendre les langues étrangères. Cela peut apporter du sang neuf !

— Du vieux sang neuf !

— C'est vrai que vous vous préparez pour le marathon de Londres ? demande-t-elle tout excitée.

— Qui vous a dit ça ? sourit-il.

— La concierge !

— Méfiez-vous de la concierge ! C'est une langue de vipère !

— Alors ? c'est vrai que vous marathonez ?

— Oui, c'est vrai, je marathone !

— C'est pour ça que vous êtes en forme ! Vous ne faites vraiment pas votre âge, vous savez !

— C'est gentil, Nicole, dit-il en la regardant de

ses yeux noisette de braise. Vous non plus vous ne faites pas votre âge du tout !

— C'est gentil, Pierre, dit-elle en rosissant oreilles comprises.

— Soixante ans ! On dirait une gamine !

— Quand même ! Soixante, ça fait un bail !

— Pas du tout, ma chère Nicole ! C'est le début de la vraie vie, c'est le début de la bienheureuse retraite ! Et nous, nous pouvons encore en profiter, contrairement aux générations à venir qui vont être dans la dèche !

— On s'en fout ! Après nous le déluge !

— On s'en fout ! Qu'ils se démerdent ! » dit-il en la matant de ses yeux noisette pétillants.

Les yeux dans les yeux, ils sont scotchés et ne disent mot. La température ambiante augmente d'un seul coup. Le monde autour d'eux disparaît. Les vieilles se sont métamorphosées en hirondelles qui font le printemps et prennent leur envol. Ce sont de véritables nuées qui passent devant les fenêtres. Ils ne voient rien. Pierre Martin sourit aux anges. C'est un sourire brûlant. Si la banquise n'était pas déjà fondue, sûr qu'elle n'en mènerait pas large. Ses yeux fixent le faciès écarlate de la retraitée des postes de Moisy. C'est un regard qui la palpe de bas en haut et la pétrit dans tous les sens. Elle en danserait le Souappe d'Aoussa Biné Double-Glisse mais elle se retient de justesse. Puis la main droite de Pierre Martin, mue par un ressort invisible, s'avance tout doucement et vient se poser tout doucement sur l'épaule droite de Nicole. La foudre transperce l'omoplate. Elle manque défaillir et se retrouve, toute petite, sur la balançoire dans le jardin des voisins. Émile la pousse de toutes ses forces, sa robe se retrousse sur ses jambes et elle s'envole dans le ciel bleu de l'enfance.

18

Elle est assise. Près d'elle, le téléphone se fait tout petit. Elle est dans sa pièce. L'endroit où elle entasse son courrier, perd ses lettres recommandées, déchire en mille morceaux sa facture d'électricité. C'est son espace. Elle a déjà pris trois cafés. Elle n'aime plus du tout le café. Mais quand on a toujours bu du café, on continue à boire du café. Elle le prépare extrêmement clair. Une toute petite cuillerée de poudre pour un litre d'eau. Son fils se moque d'elle en disant que c'est de la pisse de chat. Son fils! Il a encore changé l'installation téléphonique. C'est une maladie! Cette espèce de chose ignoble pour malentendant malvoyant débile qu'il lui a installée sur la commode ne lui suffit plus. On ne sait jamais au cas où elle n'entendrait pas quand elle est à l'autre bout de l'appartement. Il a donc branché deux autres combinés. Un dans sa pièce, où elle est assise en ce moment. Et un dans le bureau, qui sert de débarras. Plus le gros machin ignoble sur la commode du salon. Elle peut faire standard! Il était excité comme un gamin quand il a apporté les deux nouveaux engins.

Il a fait au moins quinze essais depuis son téléphone portable. Une cacophonie à perdre ses dents! Elle ne voit pas l'intérêt. Elle ne veut pas le décevoir, mais c'est ridicule ces trois téléphones à domicile. On voit bien où va le monde. Ses parents n'avaient pas tout ça et ils ont très bien vécu jusqu'à la fin des haricots. Son fils! Il veut se rassurer. Ce n'est pas pour elle ces téléphones. C'est pour lui! Le pauvre, il est loin et il culpabilise! Pas trop quand même. Mais suffisamment pour lui acheter une collection de téléphones. Elle en aura bientôt dans les cabinets, elle est prête à parier. Sur la table, la chose se met à bourdonner. On dirait un frelon qui s'ébranle avant de passer à l'attaque. Elle le regarde avec méfiance. Le frelon, excité, vrombit furieusement. Elle saute sur l'appareil et l'aplatit net.

«Allô! dit la table.

— …

— Allô, Lucette?!

— Oui? chevrote-t-elle.

— C'est bien Lucette?

— Oui.» Elle harponne le téléphone qui, tétanisé, se laisse faire. «Et vous?

— C'est Maguy! Vous ne me reconnaissez pas?

— Si si, Maguy…

— Maguy, la sœur de Mauricette!

— Oui oui, dit-elle sans savoir et en collant le combiné contre son oreille.

— Est-ce que vous savez que bientôt on sera neuf milliards d'humains sur la planète?

— Non?! Neuf milliards, vous dites!

— Neuf! Ils l'ont dit ce matin à la télé.

— Et alors ?

— Ça vous inquiète pas, neuf milliards ? Comment elle va faire, la terre ?

— C'est pas pour demain, Maguy, ne nous affolons pas !

— Et les vieux ! Ils ont dit à la télé ce matin qu'il y en avait trop, qu'on ne savait plus quoi en faire et qu'ils vivaient trop longtemps !

— C'est pas faux d'un certain côté !

— Mais j'ai pas envie qu'on m'euthanasie !

— C'est pas pour demain, Maguy, ne nous affolons pas !

— Et encore, nous, on a de la chance, on a de quoi se loger ! Mais il y a plein de vieux sans le sou, dans la rue, dans des squats ! Ils les ont montrés ce matin à la télé ! Des vieux SDF dans un état ! Une vraie misère…

— Il n'y a pas d'âge pour être pauvre, Maguy !

— C'est vrai ! Il y en a pourtant qui l'ont bien cherché !

— Cherché quoi ?

— À être pauvre ! À force de pas vouloir travailler, on termine sans rien !

— Çà, le travail, c'est plus à la mode !

— Le travail ! La famille ! La patrie !

— Heureusement qu'on n'est pas en Chine ! Là-bas, ils travaillent vingt-quatre heures sur vingt-quatre ! Ils ne font que ça jusqu'à leur mort ! Ils sont forts les Chinois !

— Les Chinois…, ils ont l'air de sourire tout le temps mais on ne sait jamais ce qu'ils pensent.

— Ils vont nous écrabouiller menu ! Neuf milliards

de Chinois, ça va être ! Vous verrez ! Le rouleau compresseur jaune !

— Vous pensez qu'il n'y aura plus que des Chinois, Lucette ?

— Bien sûr, Maguy ! Les Blancs, c'est du passé ! On est toujours en train de cocoricoter qu'on est les meilleurs alors qu'on est comme sur le *Titanic* juste avant le grand naufrage !

— Vous avez vu le film, Lucette ? !

— Comme tout le monde, Maguy !

— Qu'est-ce qu'il est beau celui qui joue le pauvre qui meurt à la fin !

— Vous ne trouvez pas qu'il ressemble au fils Marcellin ?

— Marcellin ?

— Le boucher de la rue Pérolière !

— Il a un fils, le boucher de la rue Pérolière ?

— Beau comme un astre ! Auguste, il s'appelle. Il a une moto énorme qui fait un boucan du diable ! Un jour il va s'aplatir contre un platane, celui-là aussi ! Ça ne m'étonnerait pas !

— Vous voyez tout en noir, Lucette !

— Non ! Je suis lucide, Maguy ! Une moto pareille, il y a encore un arbre qui va morfler dans pas longtemps ! »

19

L'aurore en robe de safran éclaire les lointains. À l'est, les sommets prennent la couleur des doigts de rose. Tel l'étalon, trop longtemps retenu, qui rompt soudain son attache et bruyamment galope dans la plaine, tels les chevaux du soleil bondissent et s'élèvent dans l'azur. Elle est dans sa cuisine et assiste, chaque matin, à l'explosion lumineuse. Elle ne croit plus en rien mais elle est bouleversée par la naissance de l'aube. C'est en avril que la lumière bascule. Elle devient acide comme un fruit vert. Elle boit son café et regarde le ciel. En face, chez les voisins, trois arbres immenses et vieux lui disent bonjour. Une brise légère les fait frissonner. Elle ouvre la fenêtre et l'air froid la saisit. Le soleil est déjà haut. Elle sort faire le tour de sa maison. C'est leur maison depuis toujours, à Gilbert et elle. Ils l'ont achetée et retapée. Ils y ont bien vécu et ont profité du jardin. C'est Gilbert qui s'acharnait sur son bout de terrain. Il avait planté des arbres et s'occupait du potager. Elle l'aidait et s'occupait des fleurs. Ils passaient des heures dehors, ensemble. C'était bon et simple. Ils aimaient gratter la terre, piocher, planter, arroser, arracher. L'après-midi était loin derrière eux. C'était la tombée du jour, ils n'en revenaient pas. Il sortait la table de jardin, installait deux chaises, préparait l'apéritif. Puis ils ne bougeaient plus, regardant sans les voir les roses, pensées, forsythias, bégonias, dahlias et autres fleurs décoratives qui embellissaient leur domaine. Après la mort de Gilbert, elle a du mal à aller dans le jardin. Le tuyau d'arrosage, l'arrosoir, la pioche, les objets aiguisent la douleur. Pourquoi est-elle encore là, elle ? Elle serait bien partie avant lui. Ou plutôt, elle serait bien partie avec lui. Elle s'en veut de ne pas lui tenir compagnie là où il est. Elle a conscience que sa vie, ce n'est pas grand-chose. Juste des années heureuses passées ici avec lui. Sa fille le dit assez. Pourquoi ne s'intéresse-t-elle pas un peu à ce qui se passe dans le monde ? Pourquoi n'essaie-t-elle pas de voir des gens ? Il y a bien des vieux et des vieilles comme elle. Il n'y a même que ça dans cette ville ! Ils n'ont plus rien à faire. Elle pourrait partir en voyage organisé. Elle n'a pas envie. Les vieux et les vieilles l'ennuient. Elle n'a jamais aimé autrui. À part Gilbert. Elle s'est toujours arrangée pour fréquenter le moins possible l'espèce humaine. Même avec Élodie, elle n'est pas vraiment à l'aise. Pourtant, c'est leur fille. Elle a toujours trouvé ridicule leur façon de vivre. Combien de fois les a-t-elle traités de ratatinés confits ! Elle ne se sent pas ratatinée confite du tout. Chacun sa vie. Élodie préfère être loin, s'agiter, organiser sa carrière, faire régulièrement le tour de la planète. Elle revient rarement dans sa ville natale, Le Trou. Et encore moins depuis la mort de Gilbert. C'est tant mieux. Elles ne sont pas sur la même longueur d'onde et se chipotent très vite. Élodie a des idées sur tout et c'est assommant. C'est drôle comme un jour on en a marre de sa progéniture. Les enfants sont plus enquiquinants que les étrangers parce qu'ils pensent avoir des droits sur vous. Elle a réussi à garder sa voiture jusqu'à maintenant, mais elle craint le pire lors du prochain passage de sa fille qui, au nom de la sacro-sainte sécurité, lui interdit formellement de prendre le volant. La sécurité n'a jamais empêché les gens de mourir. « Certes », lui répond chaque fois Élodie, ce cher rejeton d'une vaillante race. « Que tu meures toi, finalement, c'est ton problème ; mais que tu tues quelqu'un, c'est plus ennuyeux ! Et en plus ça peut me retomber dessus ! » Voilà le vrai hic ! Que ça lui retombe dessus ! Elle ne lui a jamais parlé de ce matin où, au volant, elle a vu cet enfant étrange qui avait trois jambes. Il n'y a pas beaucoup d'enfants dans la région, mais avec trois jambes, ça se saurait. Elle en a déduit que ses yeux doivent lui jouer de mauvais tours. Jamais elle ne le dira à Élodie ! Le jardin sent bon. Elle entend le ruisseau glouglouter derrière le noyer. Depuis deux ans, elle a recommencé à travailler leur bout de terrain. Oh, juste à sa façon. Elle n'a pas la force de Gilbert. Mais elle a compris que si elle laissait tomber leur petit paradis, Gilbert serait définitivement mort. Elle a donc acheté des graines. Elle a pioché, sarclé, préparé les semis. Les premiers jours, elle a cru qu'elle n'y arriverait pas. Elle qui ne pleure jamais s'est mise à larmoyer comme une fontaine. En reprenant l'arrosoir et la pioche, c'est comme si une digue intérieure s'était brisée. Seule dans le jardin, c'est toute l'horreur de la mort de Gilbert qui lui sautait soudain à la figure. Elle a acheté des fleurs, uniquement. Et des fleurs bleues, uniquement. C'est sa couleur préférée. Après les premières terribles semaines, une sorte de sérénité s'empare d'elle. Un soir, elle réussit même à installer la table du jardin, à s'asseoir et à boire un verre de sherry. Son travail est récompensé. Le tour de la maison devient bleu. Elle se souvient de ce jour-là. Les fleurs sont plus reposantes que les êtres humains. Elles vous demandent beaucoup et vous donnent parfois ce que vous attendez. Le jardin est irréel. Les fleurs sont admirables et supérieures à ce que nous sommes, pauvres créatures. Elle s'est assise au milieu du bleu, quand elle sent une présence et sursaute. Près du pommier se tient Gilbert. Elle se pince trois fois. Frotte ses yeux. Gilbert est toujours là. Elle se lève et s'approche. Il la regarde. Elle voit bien qu'il n'est pas de ce monde. Sa peau est grise bizarre pas normal de crocodile. Mais c'est bien lui, souriant, qui la regarde le regarder. Elle n'a même pas peur. Elle sent une déchirure dans sa poitrine, et puis son sang se met à turbiner dans ses artères. Comme un moteur qui se remettrait en marche après des années d'arrêt. Elle sent une grande chaleur et se transforme en volcan. Elle lui parle. Les mots glissent hors de sa bouche comme une lave précieuse. Elle ne sait pas ce qu'elle lui dit. Elle fixe le visage de Gilbert. Il hoche la tête et lui sourit. Puis il lui montre les fleurs et elle comprend qu'il est heureux. Elle promet de s'occuper chaque jour de leur jardin. Il la fixe longuement, lui tend la main. Elle n'ose pas la saisir. Il hausse les épaules, disparaît brutalement. Elle est paralysée et n'arrive pas à s'éloigner du pommier. Autour d'elle, la terre repose dans sa splendeur livide.

20

Le père Catelan attend le pèlerin. C'est jour de confesse. Il y est pour l'après-midi. L'église des Cordeliers ressemble à un navire fantôme. Il sait qu'au mieux, il écoutera les rengaines de Mme Pauchon et de Mme Cointe. Il se dit qu'il n'est pas juste avec les brebis du Seigneur. Elles sont comme elles sont. Au moins elles viennent, elles ! Elles sont bêtes à manger du foin mais ce sont les brebis du Seigneur et un tiens vaut mieux que deux tu l'auras. Un rai de lumière jaune glisse à ses pieds. Il entend les voitures dehors. Les chaises sont vides, les allées sont vides. Il est seul, abandonné de tous. Lui, qui a voulu faire de sa vie une constante escalade ad montem qui christus est, se sent las las las. Depuis qu'il a été obligé de déménager en plein centre-ville, il n'a plus goût à rien. Avant, il était au petit séminaire. Un bâtiment isolé, à deux pas de la montagne. Il y avait là un jardin qu'il entretenait, un bassin plein de poissons rouges. Il suffisait de sortir de suivre l'allée de prendre le chemin à droite jusqu'au raidillon et on était au paradis. Il a toujours aimé marcher en montagne.

Prier et marcher, marcher en priant. Là-haut, quel bonheur quel silence et quelle beauté ! Hélas, ces randonnées sont finies. Il est bloqué aujourd'hui dans un immeuble de béton laid à deux pas de la rue Pérolière. Il habite désormais un minuscule studio. Il sait que c'est sa dernière demeure ici-bas. Il n'a plus rien. Il s'est débarrassé de sa bibliothèque, son seul bien. Ça a été une affaire ! Ses milliers de livres n'ont intéressé personne. Biologie, mathématiques, philosophie, théologie… Une vie d'étude et de lecture. Sa porte était ouverte. Il donnait tout ! Personne ne s'est présenté. Il en est presque tombé malade. Quel pays de gueux ! Quelles trognes d'abrutis collés à leur écran plat ! Le père Catelan s'énerve tout seul et devient rouge écarlate. Il ne faudrait pas. La colère est un péché. Mais c'est plus fort que lui. Le rai de lumière jaune glisse avec douceur vers les chaises de l'allée centrale. Il hait la télé et les jeux vidéo. Il rêve d'un immense autodafé où ces productions du Diable seraient plongées dans d'énormes marmites bouillantes puis concassées, écrabouillées, moulues, pilées, pulvérisées, triturées, démantibulées, escagassées, hachées menu comme chair à pâté. Tous ces objets ! Toutes ces choses ! Tous ces leurres ! L'homme aliéné plus que jamais. Il y en a même, pas plus tard qu'il y a pas longtemps, qui se sont pointés à la messe avec les trucs dans les oreilles ! De l'autel, le père Catelan entendait boum boum boum et les parents, sis à côté de leur merveilleuse progéniture, ne disaient mot. Il a fallu qu'il se déplace et invite la colonie de prognathes à retourner au village. En vieillissant, il ne supporte plus les autres qui ne supportent plus personne. Et comme un malheur n'arrive jamais seul, il aperçoit derrière le pilier central Mme Pauchon et Mme Cointe en train de tailler une bavette. Un tantinet déprimé, il se tourne de l'autre côté, ferme les yeux et murmure, pour un public invisible, « dans le principe demeurait le verbe et en Dieu il vivait et en lui sa félicité infiniment il possédait le verbe lui-même était Dieu qui le principe se disait »…

« Bonjour, mon Père, chevrote Mme Cointe aux yeux de biche.

— Bonjour, madame Cointe, murmure le Père.

— C'est encore l'heure pour se confesser ?

— Mais oui », murmure le Père en dirigeant sa brebis vers le confessionnal.

Le confessionnal est antique et grince. Mme Cointe s'installe péniblement. Cela dure. Le Père, grave, attend. Puis c'est un bruit de sac et de clefs qui tombent en cascade. Remuement, branle-bas et confusion. Une respiration lente, à la puissance silencieuse des diesels, envahit l'habitacle. Mme Cointe souffle comme un phoque, sent l'alcool à trois kilomètres et transpire beaucoup. Mme Cointe ne suit pas les régimes pour avoir le ventre plat sur la plage l'été. On dirait un tonneau moustachu aux yeux de biche. Le Père, grave, attend.

« Mon Père…

— Ma fille…

— Il fait chaud aujourd'hui ouh la la, siffle Cointe à l'haleine vineuse.

— …

— Ils l'ont dit à la météo. Ça me rend lourde ce temps comme en Afrique, bientôt on est comme en

Afrique, ça va pas être drôle, siffle Cointe à l'haleine chargée d'essences précieuses qui exhalent leurs effluves odoriférants.

— Qu'avez-vous contre l'Afrique, ma fille ? demande Catelan enivré par l'haleine à 50° de la brebis du Seigneur.

— Moi rien alors là rien contre ! Tant qu'y viennent pas ici chacun chez soi c'est parfait !

— Vous n'avez pas honte de tenir des propos racistes ? demande Catelan énervé.

— Je suis pas raciste. À la maison, on a même eu une petite fille juive pendant la guerre.

— Nous dérivons, nous dérivons, revenons à votre confession, ma fille !

— Mon Père, je le confesse je passe mes journées et mes nuits devant la télé.

— Quelles émissions ? » Catelan sent une colère sainte le submerger.

« Je commence à 6 h 20 du matin avec *Wounch-pounch*.

— *Wounchpounch* ?

— Et puis *Attention à la marche* et puis *Les Feux de l'amour* et puis *Ghost Whisperer* et puis *Taratata* et puis *Questions pour un champion* et puis *Sex and the City* et puis je sais plus tellement y en a ! claironne Cointe.

— Vous êtes perdue, ma fille, rugit Catelan.

— Vous exagérez, mon Père, murmure Cointe.

— Vous êtes l'esclave du Diable ! La télé est une drogue dure qui œuvre à l'abrutissement des masses. La télé, ma fille, nous empêche de penser et nous fait perdre le sens du sacré. Voir en une seule journée

99

trois scènes de guerre dans le monde, trois séries pornographiques, trois reportages sur des pays sous-développés et lointains, une chronique sur la fonte de la banquise et j'en oublie…, voir tout cela en une journée est mauvais pour l'âme ! La télé fait sombrer la majorité de la population dans le coma ! Vous êtes perdue ! » clame Catelan par l'haleine à 50° de Cointe enflammé.

21

Mme Chiffe s'est habillée de noir. Ses talons résonnent sur les pavés de la rue Jean-Eymard. Il fait déjà chaud, alors qu'on est loin de midi. On n'est pourtant qu'en avril ne te découvre pas d'un fil. Elle aimerait enlever son manteau qui est bien trop lourd et encombrant. Elle se souvient soudain des mois d'avril de son enfance. Qu'est-ce qu'il y avait comme neige ! Il faisait froid mais on sentait qu'on arrivait au bout de l'hiver. On trouvait des crocus dans la montagne. Les sommets étaient blancs. Les torrents dégringolaient à toute allure et cela faisait une musique aquatique poétique qu'elle n'a jamais oubliée. Aujourd'hui, tout est sec. Même l'air est déjà poussiéreux. Peut-être que c'est vrai tout ça, que la terre se réchauffe et qu'on va rôtir à la braise comme des poulets. Elle reconnaît soudain le chat de Mme Rousse, là, qui s'approche d'elle. Elle ne l'aime pas, cet animal. On ne sait pas d'où il vient. Par contre pour manger comme quinze, ça, il est toujours là ! Son amie Rousse en est entichée et on ne peut rien lui dire. Pourtant, elle est sûre que Mitsou est pétri de mauvaises intentions. Elle ne lui fait aucune confiance. En plus, il a une couleur spéciale pour un chat. Heureusement, le félin l'ignore et prend la première à droite. L'immeuble où habite Bernadette Bouzige est à l'autre bout de la ville. Ça laisse le temps de se concentrer. Elle ne connaît pas personnellement Bernadette. Elles se sont croisées plusieurs fois à l'église des Cordeliers. Il paraît qu'elle n'a pas eu une vie facile. Tout ce qu'on raconte sur tout le monde, elle a appris à se méfier. En tous les cas, Mme Bouzige est à l'article de la mort. Oh ! la bienheureuse qui va rejoindre notre Seigneur et baigner dans sa félicité éternelle ! Elle arrive enfin, toque à la porte qui s'ouvre en grinçant. Un couloir étroit et sombre conduit Mme Chiffe dans une pièce étroite et sombre au fond d'un rez-de-chaussée sombre. Là, Bernadette est allongée sur son lit. Près d'elle, une vieille dame somnole. Mme Chiffe s'approche et remercie la personne qui l'a guidée vers l'antre. Une bougie brûle sur la table de chevet. Une branche de buis trempouille dans une tasse. Machinalement, Chiffe la saisit se signe et asperge Bouzige. Qui ne bouge pas d'un iota. Mme Chiffe saisit son missel et commence à lire à voix basse. Elle est seule à présent avec Bouzige et cette vieille dame qui se met à ronfler. Comme la vie est pleine de mystères. Comme il y a des moments particuliers. Heureusement notre Père est avec nous et Il nous aide du haut de sa Gloire. Mme Chiffe l'imagine très grand, Notre Père, très beau, avec des cheveux blonds et longs, et avec un sourire qui apaise. Elle sait, Chiffe, qu'après, ce sera le bonheur. Ce n'est pas possible autrement.

Ça voudrait dire quoi sinon tout ce bazar ? Toute cette souffrance ? Tous ces malheurs ? S'il n'y avait personne après pour nous dire, voilà, c'est fini, on va se reposer, à nous l'Éternité et la Paix pour les siècles des siècles. Ça n'aurait pas de sens ! Le visage de Bernadette Bouzige est de marbre. Elle n'a pas l'air de souffrir. Les mains sont croisées sur son ventre. Une mouche tourne au-dessus du lit. Il n'y a pas d'air et Mme Chiffe n'ose pas enlever son manteau. Le ronflement de sa voisine s'accentue. On dirait une Vespa qui accélère soudain pour affronter la montée du col Bayard. Il y en a qui ne se gênent pas ! Elle se concentre, récite Notre Père qui êtes aux cieux, et d'autres prières. Un vrai chapelet qui la détend, comme quand elle tricotait des chaussettes pour son grand-père. Puis elle reprend la branche de buis, se signe, asperge de nouveau Bouzige qui ne dit mot, se lève et sort de la pièce. Une femme d'un âge certain lui propose un café. Qu'elle accepte. La cuisine est à l'autre bout du couloir sombre. Elle est sombre aussi, comme la femme qui sert un liquide épais et fumant dans une tasse ébréchée et sale.

« Merci beaucoup, murmure Mme Chiffe.

— De rien, c'est gentil à vous de passer, il n'y a personne pour venir rendre une dernière visite à cette pauvre Bernadette…

— Mais la dame qui est près d'elle ?

— Je ne sais pas qui c'est.

— Et vous, vous êtes de la famille ? demande Chiffe.

— Pas du tout ! Je suis la concierge !

— C'est gentil à vous de vous occuper d'elle !

— Pensez-vous ! Il n'y a plus d'humanité ! Et vous, vous êtes de la famille ?

— Pas du tout ! Nous nous sommes croisées plusieurs fois aux Cordeliers. Je suis venue prier près d'elle une dernière fois.

— Une vie, ce que c'est…, soupire la concierge.

— Mourir seule comme ça, ce n'est pas gai…, soupire Chiffe.

— Ça n'a jamais été gai de mourir…, soupire la concierge.

— Heureusement, après, Dieu nous attend sur son grand cheval blanc…, soupire Chiffe.

— Comment vous pouvez croire à des trucs pareils…, soupire la concierge.

— Après, on ira tous au paradis…, soupire Chiffe.

— Au moins, personne ne se battra pour l'héritage… », soupire la concierge.

22

Le soleil donne dans la pièce. La fenêtre est ouverte. Elle entend les va-et-vient, rue Jean-Eymard. Bruits d'un monde devenu soudain inaccessible et lointain. Paulette attend l'infirmière. Depuis sa chute, rien n'est plus pareil. D'un seul coup, face contre terre, elle est devenue vieille. Bien plus vieille que cette courge de Mme Rousse qui a quand même eu la gentillesse de l'aider quand elle s'est cassé la figure dans l'escalier. Depuis, tout est difficile. Se lever, s'asseoir, s'allonger, marcher. Elle a mal elle a mal elle a mal. Il paraît qu'elle n'a rien de cassé. Mais c'est une torture. Comme si on lui enfonçait des clous partout. Et en même temps des démangeaisons dans les pieds les mains et en même temps une migraine épouvantable. Depuis l'accident, elle n'a plus vu Mitsou. Elle entend toujours Mme Rousse l'appeler, toutes portes ouvertes, de sa voix de gargouille. Elle sait qu'il est là. Mais cette sale bête égoïste s'est fait la malle. Comme si elle avait compris que Paulette ne lui servirait plus à rien. Adieu, croquettes ! Adieu, Mitsou ! Elle qui s'était attachée à lui… Le corps, quel malheur! En quelques secondes, elle s'est transformée en carcasse détraquée. En misère. En désastre! Sûr, ça pourrait être pire! On peut souffrir atrocement à huit ans. Mourir à dix. Avoir été dans un camp de concentration à douze. Il y a tellement de catastrophes qu'on ne sait plus où donner de la tête. Mais de tout cela aujourd'hui elle se moque, parce qu'aujourd'hui c'est son tour. À elle. De décliner. Elle devrait suivre l'exemple de cette courge de Mme Rousse et boire du porto à gogo pour se porter comme un charme. Dong! fait la sonnette et une infirmière blafarde entre en soufflant. Paulette, souffrante, demande si tout va bien quand même. L'infirmière abattue dit que non encore trois morts ce matin. Et on a beau se dire que c'est rien que des vieux et qu'y en a trop, c'est pas évident. Sûr, répond Paulette terrassée.

«Ça vous gêne pas si je mets la télé pendant vos soins? agresse la femme en blanc.

— Pas du tout pas du tout, je ne sais pas comment elle fonctionne, je ne l'allume jamais, soupire Paulette.

— Facile! Regardez, ça marche! Vous, vous êtes une gentille», reprend l'infirmière soudain allègre.

Une deux, Paulette est installée sur le canapé, une deux et, face à l'écran, l'infirmière commence à la masser en zyeutant les actualités.

Le présentateur est devenu une présentatrice. Une très belle femme très avenante.

«Regardez! C'est la nouvelle! Vous savez?

— Je devrais savoir quoi? murmure Paulette.

— Encore une qui a couché pour arriver là!

— Ah! comment vous savez ça, vous? murmure Paulette.

— Parce que je l'ai lu dans les journaux !

— Et vous croyez tout ce qu'il y a dans les journaux, vous ? murmure Paulette.

— Et pourquoi que ça serait faux parce que c'est dans les journaux ? » piaule l'infirmière vexée.

Paulette, craignant de se faire malaxer durement, met un bémol. À l'écran, la caméra plonge dans le décolleté vertigineux de la présentatrice qui, les seins à l'air, chante les louanges de notre Président si courageux si actif si intelligent si beau, les seins palpitent, puis la caméra plonge sur les lèvres pulpeuses de la présentatrice qui poursuit, bouche béate, que notre Président s'occupe de tous les Français, qu'il est allé serrer la main d'un pêcheur, pourtant il ne les aime pas, les pêcheurs, mais il a pris sur lui, notre Président !

« C'est répugnant, murmure Paulette.

— Mais non, enfin les infos deviennent sexy ! »

Sur l'écran, le visage du Président apparaît. Il sourit comme il mord. Et annonce que le vaste chantier mis en place pour secouer le pays de sa léthargie catastrophique est enfin opérationnel. Il, Lui, Personnellement, est en train d'élaborer toutes les réformes nécessaires pour aider les plus riches des citoyens. Pour leur donner la sécurité, l'impunité et les moyens de s'en mettre encore plus, toujours plus ! Quant aux démunis qui, chaque jour, se reproduisent et se multiplient, il fera tout pour les appauvrir définitivement. Chacun à sa place ! On n'est pas pauvre par hasard. On l'est par nature ! Les pauvres sont des fainéants ou des étrangers. L'État est bien trop gentil avec eux. Toutes ces allocations, toutes ces aides versées.

Pour quoi? Pour qui? Pour rien! Il va réduire les aides, il va réduire les fonctionnaires, il va réduire l'enseignement, il va réduire les hôpitaux, il va réduire entièrement le service public! Réduire… Le Président luit. Il sourit comme il mord. Pourquoi faire des études quand on naît pauvre? À quoi cela peut-il bien servir d'apprendre des choses aussi inutiles que la littérature, la philosophie, l'histoire? À quoi bon apprendre à réfléchir? Cela ne peut que nuire à l'intérêt de l'État! Il faut raser toutes les traces de notre passé! Si nous en sommes là aujourd'hui, c'est parce que nous regardons constamment derrière nous! Faisons comme les Chinois! Eux ne s'encombrent pas de savoirs non rentables. Voilà l'exemple magnifique d'une magnifique nation passée sans complexe du communisme le plus atroce au capitalisme le plus meurtrier!

« Vous me faites mal, murmure Paulette.

— Où ça, madame?

— Dans le dos, là, ça me fait très mal…

— Il est bizarre notre Président, vous ne trouvez pas?

— Aïe!

— Ne faites pas votre chochotte, madame. Vous n'êtes pas dans une maison, vous avez bien de la chance que vos enfants ne se soient pas encore débarrassés de vous.

— Je n'en ai pas, d'enfant. Et ça ne m'empêche pas d'avoir mal, murmure Paulette.

— Oui, mais vous avez mal à domicile! C'est un luxe! Vous verriez ce que je vois chaque jour, vous vous sentiriez beaucoup mieux d'un seul coup…

— Vous avez certainement raison…

— Des chambres pleines de vieilles. Des grabataires, des moribondes, des malades, et des cris, et des gémissements. Toute une humanité défaite… Tout ce qui nous attend…

— Arrêtez ! Je me sens mieux ! » expire Paulette.

Sur l'écran le décolleté de la pulpeuse présentatrice bondit vers le téléspectateur ébloui. En bref dans le reste du monde : la centrale de Pétaouchnok n'avait en réalité aucun problème et a repris son activité ce matin, la grippe aviaire est à nos portes, le prix du baril de pétrole a doublé ce matin, le serial killer qui sévit dans notre capitale a encore frappé cette nuit, la terre a tremblé au Mexique, au Japon et en Chine, des pluies diluviennes tombent sans arrêt depuis quinze jours sur Londres, Copenhague et Moscou, un astéroïde qui se dirige droit sur la terre vient d'être repéré. Chers téléspectatrices et téléspectateurs, nous vous souhaitons une agréable journée !

23

Régine Daspet se mire dans la glace. Pour son âge, vraiment, elle n'est pas mal. Les seins tombent, le ventre bombonne, le cou plisse, sous les bras et ailleurs la peau pendouille, mais l'ensemble a de l'allure. Vrai. Elle tourne lentement sur elle-même. Elle est nue comme l'odalisque couchée du célèbre peintre. Il fait chaud. Comme elle était belle autrefois ! Comme elle a aimé, et comme elle a aimé aimer ! Elle ne s'est pas privée. Son pauvre mari était un saint homme que la chose n'intéressait pas. Mais il avait tant d'autres qualités ! Ils se sont très bien entendus et elle ne l'a jamais quitté. Elle s'est arrangée ; et toujours dans la discrétion et la bonne humeur. Avec ses amants, elle jouait cartes sur table. Du sexe point barre. Elle avait tout le reste à la maison. Quelles belles années elle a vécues ! Les hommes ne manquaient pas. Les plus beaux mâles de la région ont défilé dans son arrière-boutique. Elle a tenu une mercerie, c'est fini maintenant, mais elle avait un bureau derrière où elle avait installé une méridienne. Les murs étaient tapissés de rose. Elle aimait les chandelles et l'éclat des bougies dans le miroir. C'était son cabinet. Contrairement à son mari qui avait besoin de réfléchir quinze fois avant de vous toucher du bout du doigt le bout du sein, elle était instinctive et savait tout de suite jusqu'où elle pouvait aller avec un homme. Tout ce qu'elle a entendu ! Tout ce qu'elle sait… Elle regarde ses mains. Le corps, c'est une drôle de chose. Elle, elle est toujours jeune, elle a toujours envie même si elle est vieille. Alors que son amie Rousse est une vraie planche de marbre depuis des lunes. Et elle n'est pas la seule ! L'immense majorité a capitulé très vite, avec soulagement. Enfin hors course ! Elle, quand elle voit un bel homme, elle ressent encore de grands frissons. Elle peut chavirer, là, c'est plus fort que tout. Elle aura toujours envie de se frotter. Et c'est affreux parce que plus personne ne la voit comme une femme désirable. Naufrage de la vieillesse. Il faut dire qu'il n'y a plus beaucoup de mâles par ici. Ceux qui restent sont particulièrement décatis. À part cette andouille de Pierre Martin auréolé de gloire dans son short bleu. Lui, ce puits sans fond de bêtise et d'égoïsme qui fait l'amour comme on démonte un turbopropulseur, elle ne veut plus en entendre parler. Ses mains couvertes de taches de vieillesse enduisent son corps d'huile bienfaisante. Régine sent la rose et le réséda. En faisant un effort de mémoire, elle se souvient que, juste après la mort de son pauvre mari, elle a eu une aventure avec l'intellectuel du département. Julien Bourassin, qui annonçait tous les jours la fin du monde pour après-demain. Un professeur. Un agrégé avec des kilos de diplômes qui ne servent à rien c'est une évidence.

Ça n'a pas duré longtemps. Il était complètement ravagé. Ce que c'est que de travailler uniquement du chapeau. Julien était blanc-gris. Elle a pourtant essayé de le raisonner. Ça servait à quoi de passer son temps à se dire que tout était foutu, que demain serait pire qu'aujourd'hui ? Il se faisait du mal pour rien. Forcément tout était foutu. Sa grand-mère à elle, Régine, le disait déjà. Donc c'est forcément bien pire aujourd'hui. Et maintenant qu'on sait que c'est pire on fait quoi, hein ? Là, Bourassin lui expliquait qu'il fallait organiser la résistance, chercher à réveiller les sentiments d'humanité chez nos contemporains. Un fou ! Un pauvre fou qui croyait encore à tout ça alors qu'il était professeur agrégé d'université et qu'il savait très bien que notre société, depuis des siècles, laisse sur les bords de sa route l'armée grandissante des faibles. Pas besoin d'avoir Bac + 12 pour piger ça ! Il la regardait alors tendrement de ses yeux gros, globuleux et verts. Très vite, elle avait préféré s'éloigner. Il était mort peu après. Elle est sûre qu'il s'est suicidé. La langue gonflée et bleue comme ça, ce n'est pas naturel. Elle est allée à son enterrement. Elle a eu pitié. Il avait tellement gâché sa vie. C'était une journée chaude et lumineuse. Il n'y avait quasiment personne à part elle et le personnel des pompes funèbres. Elle avait mis son plus beau tailleur noir et se sentait légère. Elle a toujours aimé les cimetières. Julien Bourassin voulait être incinéré. Il fut l'un des premiers à tester le crématorium flambant neuf de la ville. Elle assista à tout et s'attarda avec un jeune homme de deux mètres de haut qui lui expliquait avec ferveur le fonctionnement de l'engin. C'était une merveille technologique. Un investissement exceptionnel.

«Rassurez vous, m'dame, il va être super bien cramé votre mari !

— Ce n'est pas mon mari.

— De la cendre de premier choix. Même que vous pourrez l'utiliser pour votre jardin. Idéal !

— Je n'ai pas de jardin.

— M'dame, rendez-vous compte comme c'est génial, on va pouvoir en faire cramer dix en même temps !

— Quel progrès !

— Y'en a de plus en plus chaque jour ! Faut bien rentabiliser.

— Vous êtes nouveau ? demanda-t-elle.

— Je suis arrivé il y a trois semaines.

— Vous êtes bien jeune pour habiter Le Trou…

— Je m'en fous ! Ici, y a du boulot !

— C'est étrange comme métier, non ?

— Enterrer mon prochain, ça m'a toujours excité ! Vu le nombre d'antiquités ici, je risque pas d'être au chômage ! »

Elle ne répond rien et s'assoit en attendant que le corps de Julien Bourassin se transforme en poussière. C'est un salon ovale où de véritables croûtes, sur les murs, agressent le regard. C'est presque aussi beau que chez Mme Rousse. Une musique de supermarché envahit l'espace. C'est un peu longuet. Elle essaie de se tenir droite sur son siège, c'est important de ne pas s'avachir. Pourtant elle s'endort presque lorsqu'elle sent une main dans son dos. Des doigts la massent avec douceur et émettent des ondes qui lui font de grands gouzi-gouzi. Ce sont de langoureuses caresses de bas en haut de gauche à droite. Elle n'ose pas se retourner tellement c'est bon. Une autre main se pose sur ses fesses et les malaxe avec bienveillance. Toute commotionnée, elle se dilate comme la rate.

Devant son miroir, Régine Daspet soupire. Il ne faut pas traîner. L'enterrement de Victorine Émonet est à quinze heures. Logiquement, il n'y aura pas grand monde. Elle s'est renseignée. Avec un peu de chance, Kevin aura le temps. Il est étrange, ce jeune homme. Il lui a dit qu'il n'aimait que les vieilles. C'est une chance pour elle. C'est un peu bizarre de faire l'amour au crématorium, mais, finalement, elle s'y fait. Elle se parfume, choisit un foulard de soie. L'être humain se fait à tout, paraît-il.

24

Auréolé de gloire dans son short bleu, Pierre Martin met les adjas. La demoiselle est ferrée. Il n'en a fait qu'une bouchée. La porte se ferme doucement. Doucement Nicole le regarde s'éloigner. Il part en trottinant et s'échauffe et accélère. Vrai, il est prêt pour le marathon. Vrai, il est grand beau et fort. Il résiste, lui. Il n'est pas comme tous ces vieux. Il a toujours fait attention à lui avant de faire attention aux autres. C'est la clef de la réussite. Il s'est marié trois fois. Un divorce. Deux décès. Il s'est toujours remis très vite. Une de perdue, dix de retrouvées. Il faut avoir une femme avec soi. Pour les courses, le ménage, pour qu'elle s'occupe de vous si vous êtes malade. Il a toujours choisi plus jeune que lui. Nicole, c'est pile celle qu'il lui faut. Et elle est encore fraîche par rapport à toutes les vieilleries qui lui tournent autour. Juste l'âge de la retraite ! Pierre Martin sourit. Il a toujours eu de la chance. Sa mère avait raison, qui lui disait qu'il était tellement beau et intelligent que rien ni personne ne lui résisterait dans la vie. Il est en pleine forme à quatre-vingt-dix ans. Prêt pour les cent ans ! Ce matin, il est immortel. Trottinant, il prend le chemin qui mène au cimetière. C'est le parcours qu'il préfère. Tous ces gens morts là-dessous, bien fait pour leur gueule ! Il voit soudain ce foutu chat, toujours le même, vautré sur le corbillard garé là. Pierre Martin déteste les chats et les bestioles de compagnie en général. C'est bon pour les bonnes femmes. Celui-là, ça fait des mois qu'il le croise. Près du cimetière, rue Pérolière, place de la Doucette, dans toute la ville. Il doit pourtant appartenir à quelqu'un parce qu'il est gras comme un porc. L'animal, arrogant, le fixe d'une étrange façon. C'est un regard qui dérange notre ami qui accélère, histoire d'éviter le quadrupède. En plus, quelle couleur bizarre pour un chat ! Il n'a jamais vu ça ! Notre athlète s'éloigne et retrouve le fil de ses pensées. Il ne va pas s'installer avec Nicole. Ils vont garder leurs appartements. Il faut attendre un peu et puis il pourrait se remarier. Voilà qui emmerdera ses enfants. Et emmerder ses enfants est un de ses grands plaisirs. L'astre solaire brûle de mille feux. Il est midi. Courir dans la chaleur l'enivre. Ces petits cons qui ne le respectent pas. Qui se croient indépendants et qui attendent le fric, quand même. Il n'est pas prêt de leur laisser du rab. Il claque tout consciencieusement. Il y a tellement de choses à faire et à voir avant que de tirer la révérence. Il va emmener Nicole à Londres pour le marathon, puis après ils pourraient faire un grand voyage. Il a très envie d'aller en Chine. Il a les moyens. Il faut faire le maximum de choses. Il a les moyens. Ce n'est pas comme ses enfants qui pètent plus haut que leur cul et qui vont se retrouver au chômage à cinquante ans.

Il les a pourtant prévenus. Lui a toujours su faire comme il fallait. Résultat : il est blindé et courtisé par toutes les femelles de la ville. Pas comme son fils qui n'est pas foutu de s'installer avec une femme. Une grimace de mépris glisse sur son visage. Chaque fois qu'il est venu lui rendre visite avec une nana, c'était vraiment n'importe quoi. Ça se voyait tout de suite que ça allait foirer. Il ne comprend pas cette génération de mauviettes. Il cherche quoi, son fils ? Il ne se rend même pas compte que les années filent et que bientôt ce sera trop tard. Auréolé de gloire dans son short bleu, Pierre Martin prend le sentier à droite derrière le cimetière. Il aurait dû faire comme lui, son fils. Rester ici, un boulot planqué, des relations publiques, et la belle vie ! Il ne s'est pas gêné, Pierre Martin, ah çà non ! Il s'en est fait un paquet ! La province, c'est le pied. Tout le monde mate tout le monde qui mate tout le monde. Idéal pour les aventures clandestines ! Nicole, ça va pas être pareil. Il veut quelque chose d'officiel. C'est inespéré quelqu'un comme elle ici où la moyenne d'âge est de quatre-vingts balais. C'est étrange qu'elle ait atterri ici. Elle ne doit pas être très douée. Toujours collée à ses parents, s'il a bien compris. Pas grand-chose dans la vie. C'est parfait pour lui ! Un sourire à tomber raide illumine le visage de Pierre Martin qui s'élance vers la victoire.

Elle a refermé la porte et regarde sans le voir le ciel vide par-dessus les toits. Elle pense à ses pauvres parents. Pierre Martin est plus âgé qu'eux. C'est bizarre. Elle ne sait pas quoi ressentir. Peut-être est-elle légèrement déçue. C'est allé si vite. Elle en était juste aux prolégomènes. Elle était là, toute petite, sur la balançoire, dans le jardin des voisins. Émile la poussait de toutes ses forces, sa robe se retroussait sur ses jambes lorsque Pierre Martin, auréolé de gloire dans son short bleu, lui avait sauté dessus, ni une ni deux, et l'avait honorée comme on expédie les affaires courantes. Elle tourne dans le salon comme une toupie sur elle-même. Elle ne s'est jamais sentie aussi seule. Il a pourtant l'air sympa, Pierre Martin. Il a l'air un peu moins décrépit que ses voisins. Quel drôle d'endroit ! C'est étrange que l'agence ne lui ait rien dit. Il ne doit pas y avoir beaucoup de villes comme ça dans notre pays. Est-ce que c'était mieux à Moisy ? Des nuées d'hirondelles traversent le ciel et font de grands froufrous. Le soleil, assis sur son trône d'or, a rendez-vous avec la lune. Elle pense à ses pauvres parents et aux vieilles qu'elle a reçues chez elle hier. Elle allume la télé. Range, essuie, secoue un coussin, redresse une fleur dans son vase, secoue un coussin, essuie, range, lorsqu'elle remarque un objet non identifié d'une couleur pas définie coincé sous le canapé. Elle se met à quatre pattes pour affûter son regard, avance la main et comprend que c'est une dent qui s'est perdue dans la nature, là, juste sous le canapé où ils ont fait des choses avec Pierre Martin.

25

Elle est postée derrière sa fenêtre. Elle a l'habitude de rester des heures, là, à compter les voitures qui passent. C'est fou ce qu'il y a comme monde. Elle a calé la grosse chaise en bois qui est trop lourde pour elle. Elle est en pantoufles et chemise de nuit. Elle a peu dormi. Elle a ouvert le volet de la salle à manger et s'est assise aussitôt. C'est une nouvelle journée vide qui commence. Elle regarde. Dehors, le ciel bleu d'avril. Elle voit passer trois motos et un camion. L'école, en face, accueille les enfants qui resteront dans la cour pendant des heures. Ils ne font rien, ces instituteurs. Pas étonnant que plus personne ne sache lire ni écrire. Ce n'était pas comme ça de son temps ! De toute façon, hoche-t-elle du bonnet pour elle-même, de toute façon, ce n'est plus son temps. Une voiture passe à fond de train en klaxonnant. Il n'a pas peur celui-là, songe-t-elle. Son visage se plisse. Ses yeux se ferment. Elle a sommeil quand même. Elle n'arrive plus à dormir alors qu'elle est épuisée. Ses paupières clignotent et abdiquent. Il fait jour, elle peut se détendre, et elle n'a rien à faire. Son visage tremblote. Sa bouche s'ouvre et laisse échapper un timide sifflement. Dans la cour de l'école, une partie de foot s'organise. Elle n'y est pour personne. Elle rêve déjà et voit une machine infernale scintiller puis s'élever lentement dans les airs. À bord, Angèle Pompon lui fait signe de la main. Angèle souriante et libérée. Elle soupire d'aise et se met à ronfler. La machine s'éloigne dans un immense nuage de fumée rose. C'est alors que la Peugeot 305 noir brillant astiquée du matin prend le chemin de terre et se gare devant la maison. Paul laisse le moteur en marche, se précipite vers la porte et sonne. Le nuage rose s'épaissit. Paul sonne une nouvelle fois et entre. La machine est déjà haut dans le ciel étoilé. Cette vision la remplit d'extase et son ronflement redouble. Paul déboule dans la pièce.

« Maman !

— …

— Ho hé !

— Hum… Je dormais. C'était bon. Qu'est-ce que tu fais là ?

— Qu'est-ce que je fais là ? ! Tu plaisantes ?

— Tu sais très bien, mon cher fils, que je n'ai aucun sens de la plaisanterie.

— Nous avons rendez-vous dans une demi-heure avec le cardiologue et tu es en chemise de nuit en train de ronfler devant ta fenêtre !

— Quel rendez-vous ? Quel cardiologue ? Je ne suis pas au courant…

— Tu plaisantes ! bisse Paul, rouge.

— Tu radotes, mon fils.

— Assez !

— Quel énervement dès potron-minet! Ce n'est pas bon pour ta santé, mon pauvre Paul. Et pourquoi aurais-je rendez-vous avec un cardiologue?

— Pour les examens nécessaires avant ton opération.

— Mon opération?

— Oui, ton opération! On t'opère dans un mois.

— Et de quoi?

— Tu plaisantes! De la cataracte!

— Mais je n'y ai jamais aussi bien vu!

— Ce n'est pas ce que tu dis d'habitude! Et ton médecin affirme qu'il faut le faire!

— J'y vois! Mais j'y vois! Tu n'imagines pas! Ce n'est pas croyable ce que j'y vois!

— Tu vas donc t'habiller tout de suite.

— Tu ne me parles pas sur ce ton! Je ne suis pas ta fille.

— Tu es ma mère, c'est bien suffisant!

— Qu'entends-tu par là?

— Rien! Rien! Rien!

— Mais j'y vois! Je peux te décrire le détail en haut à droite du tableau, là, au-dessus de la cheminée. Ce tableau est d'ailleurs une véritable croûte…

— Normal, c'est papa qui l'a peint et tu n'as jamais aimé ce qu'il faisait.

— Ce n'est absolument pas ton père qui a peint ce tableau. Je m'en souviendrais.

— Tu ne te souviens pas que tu as rendez-vous dans une demi-heure. Alors un tableau peint il y a cinquante ans…

— En haut à droite, il y a un palmier avec un tronc

121

long et fin, et des palmes, dix, dans un ciel bleu. Et trois petits nuages blancs.

— Papa l'a peint. Il y a même sa signature en bas.

— Ce n'est pas sa signature.

— Tu vas t'habiller, il faut y aller tout de suite !

— Tu ne me parles plus sur ce ton ou je ne te donne plus un centime !

— …

— C'est facile de critiquer ta fille et de lui dire qu'elle ne te considère que comme une pompe à fric, mais tu es comme elle ! Exactement !

— Comment oses-tu ?

— Et la voiture en bas ?

— …

— Qui t'a donné l'argent ? »

Elle le fixe.

Il se concentre sur le tableau.

« Je dois me tromper, murmure-t-il. En regardant bien, ce n'est pas un tableau de papa. Ça ne lui ressemble pas du tout.

— Tu crois ? Parce que, finalement, c'est bien possible que ce soit de lui…

— …

— Ma mère a vécu toute sa vie sans se faire opérer de la cataracte. Sa propre mère aussi. Et la mère de sa mère… Elles n'en sont pas mortes pour autant !

— C'est comme tu veux, maman.

— Mais j'y vois ! La lumière, si tu savais comme je la vois !

— Comme tu veux.

— Il est de papa ce tableau, il y a la signature en bas.

— Comme tu veux.

— Comme quoi mes yeux ne me trompent pas !

— Comme tu veux.

— Tu radotes vraiment, mon fils. Il faudrait peut-être consulter, je te trouve bien mauvaise mine ces temps-ci. Tu as des soucis ?

— Des soucis ? Moi ? Jamais !

— Tu me le dirais, hein, je peux t'aider, tu sais, je suis ta mère...

— Bon, j'appelle pour annuler le rendez-vous...

— Non !

— Quoi ?

— Je m'habille et on y va ! »

26

Mme Rouby est devant son armoire. Elle doit s'habiller pour aller chez Mme Rousse. Elle n'a pas envie d'y aller. L'armoire est ouverte et attend. Les robes, jupes, chemisiers, vestes et autres accessoires pendent. Son œil fixe et ne voit rien. C'est un long silence. C'est absurde, ces vêtements. Elle ne les aime plus. Elle n'achète plus rien depuis la mort de son mari. À quoi ça pourrait bien lui servir désormais ? Déjà, avant, c'était chaque fois une histoire. Quand elle pense que tout le monde le trouvait gentil, et séduisant, et si drôle ! Ça la cloue. Elle se souvient d'une robe magnifique qu'elle avait achetée. Il ne l'accompagnait jamais. Monsieur ne supportait pas les magasins. Monsieur n'aimait pas attendre. Mais une fois essayée à la maison, il lui avait ordonné de la retourner. Le pire, c'est qu'elle avait obéi ! Elle avait rendu la robe. Quelle minable elle a été. Jamais capable de se rebeller. Il l'avait bien eue ! Elle préfère ne pas y penser mais elle y pense sans arrêt. Son disque dur est rayé. Elle est incapable de sortir de cette histoire alors que cette histoire est finie. Il l'a empêchée. Elle aurait pu faire de grandes choses. Elle avait réussi à obtenir cette place à Paris. Elle était jeune. L'avenir était à elle. Il lui avait dit qu'elle ne pouvait pas s'absenter du domicile familial. Ils avaient les enfants. Elle devait s'en occuper. Et c'était lui qui était parti. Qui en avait bien profité. Et il n'avait plus jamais été question d'évolution de carrière pour elle. Elle lui en veut. Et leurs enfants pour lesquels elle s'est sacrifiée, parlons-en! Tous partis! Loin d'elle. Pas un pour l'aider à faire face. Des égoïstes et des machos, comme leur père. Pire que leur père. Elle tend le bras vers une robe mauve. Des enfants qui ne pensent qu'à leur argent et à leur confort. Tristesse du monde. Alors qu'ils ont essayé de leur inculquer d'autres valeurs. C'était leur grand dada. Avant. Quand ils étaient jeunes et qu'ils avaient un idéal. S'aimer, c'était regarder ensemble dans la même direction. Il lui avait servi ça. Tu parles d'une direction! Celle de monsieur, un point c'est tout. Cette robe mauve ne va pas. Elle n'a aucune envie de faire l'effort. Mme Rousse est vulgaire. Il y a toujours la télé à fond chez elle. On ne s'entend pas. Elle déteste la télé. C'est lui qui la regardait tous les soirs. Bien entendu, il choisissait toujours les âneries. Les choses faciles. Les émissions culturelles, zéro. Elle avait essayé de négocier. Elle aurait aimé regarder la télé, mais avec lui. Et pas les émissions ridicules qu'il affectionnait. Il l'avait envoyée paître. Elle passait donc les soirées dans sa pièce. Elle lisait pendant que monsieur regardait pour la vingtième fois le même film idiot qu'il avait oublié pour la vingtième fois. Aujourd'hui, elle pourrait regarder ce qu'elle veut à la télé. Mais elle ne le fait pas. Quand on n'a jamais regardé la télé, on ne s'y met pas comme ça. Elle n'a pas l'habitude. Seule, ce n'est pas pareil. C'est avant qu'il aurait dû accepter de la regarder avec elle. S'il n'avait pas été aussi égoïste, elle n'en serait pas là. Elle soupire. Il n'y a personne avec qui parler dans cette ville. Elle s'y ennuie depuis des années. Et maintenant elle est seule. C'est son éducation aussi qui l'a bridée. Elle a toujours obéi. Sa mère était dure. Et il y avait la religion. Dressée à dire oui, à ne pas faire d'écart, à ne pas se faire remarquer. Elle a toujours été en retrait. Elle ne sait pas être autrement. C'est une véritable maladie chez elle. Et ça lui a bien servi, à lui. Il a pu parader tranquillement. Il n'y avait pas de concurrence possible. Écrasée. Elle a été écrasée toute sa vie. Elle tend le bras vers un ensemble gris. Des larmes coulent sur son visage. Elle cherche quelque chose qui la rassurerait et ne trouve rien. Le passé est un échec, le présent une horreur. Cette maison la rend folle et elle n'en sort plus. Il y a pourtant un petit jardin tout autour, quelques arbres et des fleurs. Elle n'y va pas. Elle pourrait s'asseoir à l'ombre du cerisier et passer là des moments agréables. Elle ne le fait pas. Dehors c'est pire que dedans. Personne ne peut la comprendre. Dehors elle est encore plus vulnérable. Au moins, dans sa pièce, elle est chez elle. Elle y a toujours été. Alors que dehors, c'était lui qui y restait des heures entières. Il la fuyait, elle le sait. Ils s'aimaient bien sûr. Elle l'aimait pour avoir enduré tout ce qu'elle a enduré à cause de lui. Dehors elle a peur. Dedans elle a peur. Mais dehors elle peut être vue par les voleurs. Elle sait qu'elle fait rire les autres avec ça. Rousse et compagnie ne se gênent pas. Les voleurs, c'est son angoisse numéro un. Il y en a qui viennent dans la maison et qui repartent sans rien prendre. Elle le sait. Ça non plus, elle n'a pas intérêt à trop le dire. Mais les objets se déplacent. Elle les cherche tout le temps. Sa crème hydratante par exemple. Hier, elle était encore dans la salle de bains à côté du lavabo. Elle la met toujours là. Aujourd'hui, introuvable. Elle ne s'en est pas servi, elle en est sûre. Elle la cherche depuis ce matin. C'est encore un coup des voleurs. Ils sont malins. Ils font leurs affaires en douce. C'est pour ça qu'elle préfère rester dans la maison. Pour surveiller. Elle ne met jamais la radio non plus. Un silence de mort règne dans les pièces. Elle est sûre de les entendre s'ils viennent. Il faut reconnaître que ces nouveaux voleurs sont extrêmement silencieux. Sa peur redouble chaque jour. Mais dehors, ce serait pire, dehors, elle serait la cible parfaite. Une vieille toute seule. Ni une ni deux, ils débarqueraient. Dans sa pièce, elle est dans sa coquille. Elle peut s'isoler. Se faire toute petite. Se rétracter. Jusqu'à disparaître. Des larmes coulent sur son visage. De toute façon, elle n'a plus aucun but. À part les voleurs, plus personne ne s'intéresse à elle. Elle met l'ensemble gris et se regarde dans la glace. Elle n'a pas envie d'aller chez Mme Rousse, elle n'aime pas cet ensemble gris. Elle tend la main vers une jupe lie-de-vin. Les larmes coulent et font un petit ruisseau. Quand même, si elle avait cru qu'un jour elle tomberait aussi bas. Se retrouver aussi seule. Ne plus avoir personne. Sa vie, c'est zéro. Elle n'a pas réussi à se réaliser. Elle n'a pas été elle-même. Elle en veut à la terre entière. Et à lui, surtout, qui aurait pu l'aider au lieu de l'écraser. Cette maison qu'elle n'a jamais aimée est sa prison. Elle est au cachot. Il n'y a plus rien et il faut encore vivre et faire attention alors que tout lui est indifférent. La jupe ne lui plaît pas. Elle sort un pantalon noir. Le ruisseau devient une rivière. Elle pleure souvent. Elle n'a plus que les larmes. Elle est une vieille enfant perdue. Dehors, pourtant, c'est un grand beau ciel d'avril. Une lumière réjouissante bat la campagne. Mais, derrière ses volets clos, Mme Rouby ne peut rien voir. Qu'il fasse beau, d'ailleurs, ne lui fait ni chaud ni froid. Elle en a marre de ces gens qui s'extasient sur le bleu du ciel. Comme si on était moins pauvre quand il fait beau. Comme si c'était plus facile, d'un seul coup, parce que le soleil brille. Ce que les gens peuvent être légers ! Elle, par contre, pèse trois tonnes. Elle essaie son pantalon noir. Elle a encore maigri, mais elle le garde. Elle sait qu'elle doit sortir, elle a une hésitation. Est-ce chez Mme Rousse ou chez le coiffeur ? Elle hausse les épaules. Quelle importance. Elle se penche dans l'armoire pour prendre ses chaussures et trouve, sur les paires de bas qui gisent là, la crème hydratante qu'elle cherche depuis le matin. Elle regarde le tube comme la poule qui vient de trouver un couteau. Que fait cette crème dans ses bas ? Décidément, ces voleurs sont rusés. Elle prend le tube, ni une ni deux, et le range dans la boîte à cirage. Elle ferme l'armoire, chaussures à la main. Les larmes ont séché. Dehors, la lumière s'en paye une tranche. C'est somptueux. Le ciel est d'un bleu irréel. Dans son cerveau, une grande accalmie. Mutique, elle commence à marcher d'une pièce à l'autre. Cuisine, couloir, salle à manger, couloir, cuisine, chambre. On dirait un chien qui tourne sur lui-même infiniment. Ses pantoufles traînent sur les carreaux. Ça fait un bruit sinistre. Dans le noir du jour, elle entend crier les gonds des portes de la mort.

27

Mme Rousse, son tablier de cuisine maculé serré autour du ventre, n'y voit plus très clair. Depuis que l'astéroïde est en route pour nous écrabouiller, une durite a pété dans son cerveau. Elle n'arrive plus à rien, tourne comme une toupie et boit du porto dès l'aube. Qu'est-ce que c'est dommage de mourir comme ça! Un astéroïde! Qui l'eût cru? Notez, il faut bien mourir. Mais elle, Rousse, aurait préféré autre chose! Elle veut préparer une daube avant la fin du monde. Un dernier repas digne de son talent de cuisinière. Mais elle ne trouve plus sa viande! Elle attend ses amies pour le thé tout à l'heure. Elle ne sait plus où est le thé! La télé est allumée plein pot. Dès qu'elle a su, elle a couru à la banque chercher son argent. C'est bête mais ça la rassure. Elle a rangé les billets dans le premier tiroir du petit meuble en formica. Elle vérifie pour la vingtième fois en dix minutes. C'est la fin du monde mais elle a ses sous avec elle. Peut-être qu'elles ne viendront pas. Elle aurait aimé inviter Paulette, la voisine du dernier étage. Mais depuis qu'elle est tombée, ce n'est plus la même personne. Quelle dégringolade soudain ! Tout est sens dessus dessous pour tout le monde. Seul Mitsou reste lui-même. Normal, un chat ça ne peut pas comprendre. Elle a oublié de lui chercher son foie de veau ce matin. Elle a bien vu que ça ne lui a pas plu. Mais quand c'est la fin du monde, on a le droit d'oublier ! Elle lui a expliqué, mais il l'a fixée d'un air méprisant. Comme si elle était une rien du tout et lui le roi des Belges. Incroyable ! Après ça, il s'est carapaté par la fenêtre sans un regard, sans une caresse. Heureusement qu'elle a du porto ! Elle en est à son dixième verre. L'angoisse lui tord la tripe. Vivement que le rideau tombe ! Elle remplit son onzième verre et le vide cul sec. C'est quand même sucré, le porto, elle sent qu'elle a chaud, comme si elle s'était transformée en bouilloire qui bout. Pssschtt ! Ça fait des grosses bulles dans son intérieur qui se met à suinter. Ouh ! Ce sont les tropiques soudain ! Autour d'elle le paysage se met à onduler. La mer est agitée et le plancher tangue. Rousse, pour tenir le choc, reprend un petit porto. Son cerveau en est tout alangui. Une prise se débranche. Un vide doux mou la rend chose. Finalement, qu'est-ce qu'elle est tranquille là, à attendre que ça se passe, finalement, la vie est pas si mal, elle aura pas vécu le pire, elle aura profité. La chaleur augmente, elle enlève son tablier son chemisier et révèle ainsi aux yeux du public émerveillé un antique soutien-gorge couleur chair. Ça sonne. Elle n'entend rien et s'assied sur une chaise longue face à la mer. Ça entre et « Oh ! s'exclame Mme Rouby.

— Madame Rousse !

131

— Mmmm…

— Madame Rousse ! Vous allez bien ? !

— Mmmm… »

Rousse a pourtant les deux yeux grands ouverts mais ça ne capte pas. Rouby, déjà sur les nerfs, ne sait pas quoi faire quoi dire. Le soutien-gorge de Mme Rousse la dégoûte. Quels vieux seins avachis ! Quelle lingerie pas nette ! Quelle vision ! Comment peut-on se laisser aller comme ça ? Dong, fait la sonnette. Soulagée, Mme Rouby voit entrer Mmes Chiffe et Daspet qui voient Rousse en train de se la couler douce sur une plage des Caraïbes.

« Madame Rousse ! s'époumonent nos trois vieilles grâces.

— Mmmm…

— Elle est cuite, commente Daspet souriante.

— Quelle honte, commente Rouby sur les nerfs.

— Pourquoi dites-vous ça, commente Chiffe compatissante, madame Rousse a peur de la mort, c'est humain, vous n'avez pas peur, vous ? demande Chiffe compatissante.

— Si, mais je ne m'exhiberais jamais comme ça !

— Vous avez tort, ma chère Rouby, sourit Daspet. Vous vous seriez un peu plus exhibée que ça vous aurez fait le plus grand bien !

— Ne soyez pas dure, commente Chiffe compatissante.

— Je sais ce que vous pensez, chevrote Rouby sur les nerfs, mais quand on ne s'est jamais exhibée, on ne s'exhibe pas comme ça !

— Ah ! La phrase magique ! sourit Daspet. Quand on n'a jamais fait, on ne fait jamais !

— Personne ne me comprend! De toute façon, c'est toujours de ma faute! chevrote Rouby sur les nerfs.

— Calmons-nous, commente Chiffe compatissante. L'heure n'est plus aux griefs.

— L'heure est au porto! s'exclame Rousse ressuscitée.

— Madame Rousse!» s'époumonent nos trois vieilles grâces.

Et Rousse, joyeuse, de s'ébrouer, remettre son chemisier, sortir des verres et servir ces dames. Toutes quatre soudain s'assoient. Un ange ivre passe lentement. Mme Rousse, grise, se demande une dernière fois où est parti Mitsou. Puis la télé capte l'attention générale, c'est l'heure des infos. Il n'y a plus de présentateur. Ils ont mis un petit robot à la place.

«Trop chou, ce robot! dit Rousse.

— Pas très sexy, dit Daspet.

— Où va le monde, murmure Rouby, si c'est les robots qui parlent maintenant aux informations…»

Pas démonté du tout, le robot annonce qu'il faut profiter de ces derniers jours pour aller dans les magasins. Tout est soldé comme jamais! D'ailleurs, c'est la cohue! La télé montre des grands magasins pleins à craquer. Tout le monde se bat pour avoir tout presque gratuit! C'est un véritable raz de marée!

«Quand même! explose Mme Chiffe, on vit les derniers moments de l'histoire de l'humanité et qu'est-ce que les gens font? Ils s'achètent des habits!

— C'est bien d'être bien habillé quand on va

mourir, commente Rouby. Moi je n'aimerais pas être négligée…

— Vous ne risquez pas, sourit Daspet fielleuse.

— Buvons, explose Rousse, ne nous fâchons pas, buvons !

— Je ne sais vraiment pas pourquoi je viens ici, chevrote Rouby sur les nerfs. Je me fais critiquer chaque fois ! Sur tout ! Tout le temps !

— Vous aimez peut-être vous faire battre, sourit Daspet fielleuse.

— Arrêtez, commente Chiffe compatissante, ce n'est vraiment pas le moment !

— Sûr, c'est le moment de faire des affaires, claironne le robot de la télé qui nous monte le bourrichon. Et pour mieux vous guider dans vos choix, exceptionnellement, chères téléspectatrices, chers téléspectateurs, vingt-quatre heures de publicités à partir de maintenant !

— On se fout de nous ! dit Rousse.

— On se fout de nous ! dit Daspet.

— On se fout de nous ! » dit Chiffe.

Mme Rouby, quant à elle, s'est enfermée dans un silence tragique. Son cœur meurtri appelle quelqu'un qui ne vient pas. Toutes, sauf Rouby, matent, c'est plus fort qu'elles. Car, véritable euphorie en ces temps de récession économique, jamais les magasins n'ont été aussi visités ! Jamais on n'a autant consommé ! Jamais les affaires n'ont été aussi bonnes !

« Quand même, l'homme, soupire Chiffe.

— Ce n'est pas grand-chose, soupire Daspet.

— C'est même rien », soupire Rousse qui ressert du porto à la compagnie.

Sur l'écran, heureusement, à cœur joie s'en donnent les publicités. « Sauvez un cochon, mangez un chat ! »

« Pourquoi pas après tout ? » s'interrogent les trois grâces.

Étrange quand même. Et pour sauver un chat, que faut-il manger ? That is the question. Les publicités ne s'arrêtent pas pour si peu. Redoublant de vigueur, on dirait ces cigales qui, dans le bois, sur un arbre, font entendre leur voix charmante.

28

Elle est assise près du téléphone. Elle attend et oublie qu'elle attend. Elle pense à son fils qui n'est jamais là et qui l'appelle tous les jours. Il lui a annoncé ce matin qu'il venait d'acheter un nouveau téléphone en pharmacie. Un spécial pour vieille ! Avec des touches encore plus grosses que celui qu'elle a sur la commode. Et sur chaque touche on peut mettre la photo de celui qu'on appelle. Il va lui installer ça ! En plus des autres téléphones. Ce sera géant. Elle n'aura qu'à appuyer sur la photo de son choix et hop le numéro se fera tout seul. Et comme ça se fait tout seul, c'est chaque fois le bon numéro. Il est vexant, son fils. En plus, il y a une sonnerie puissante comme un bombardement aérien. Ce serait bien le diable si elle n'entendait pas. À son prochain passage, il installe l'appareil, c'est promis ! Elle s'en fiche. Elle est sourde et elle aime ça. Il lui a fait faire des oreilles, son fils. Une fortune ! Elle ne les a jamais supportées. Elle les a perdues. Elle est assise et ne sait pas pourquoi. Mais être debout n'aurait pas plus de sens. Elle clignote des paupières quand le téléphone, à côté d'elle, commence à s'agiter. Lumières rouges, lumières jaunes, la sirène du SAMU paralyse le piéton qui ne dit mot et se carapate, elle saute sur l'engin qui tombe et redouble d'ardeur vocale. Elle se précipite ramasse écoute.

« Allô !

— ...

— Allô ! Lucette ? » hurle la sirène du SAMU.

Lucette ne dit mot et raccroche. Un silence d'hôpital enveloppe notre personnage. Un sourire étrange flotte sur son visage. Comme un air de victoire. Mais le SAMU n'a pas dit son dernier mot. Lumières rouges, lumières jaunes, l'engin se dresse sur ses ergots. Exaspérée, elle décroche.

— Allô ?

— ...

— Allô, Lucette ? !

— Voui ?

— C'est bien Lucette ?

— Voui, et vous ?

— C'est Maguy ! Vous ne me reconnaissez pas ?

— Si si, Maguy...

— Maguy, la sœur de Mauricette !

— Oui oui, dit-elle sans savoir.

— Eh bien moi, ce matin, ça ne va pas du tout. »

Elle s'en fiche Lucette mais alors.

« Allô ? !

— Voui, Maguy.

— Vous avez écouté la radio ce matin ?

— Non, Maguy.

— Il y a des gens, on se demande ! Ce matin, pour

137

se venger de sa femme, un type a jeté leur bébé sous une voiture qui passait à fond de train !

— Il y a des fous partout.

— Et pas loin de chez nous ! Incroyable mais vrai ! Un taureau en colère a déboulé dans le salon d'une famille au- dessus de tout soupçon ! Il a tout cassé !

— Ils ne savent vraiment plus quoi nous raconter aux infos.

— J'aimerais pas me retrouver nez à nez avec un taureau…

— Ce n'est pas drôle pour le taureau non plus…

— Mais ça c'est rien à côté du reste…

— Maguy, vous êtes influençable, ça vous fait du mal d'écouter toutes ces bêtises. Pourquoi vous acharner ?

— C'est la fin du monde ! Ça y est !

— Allons bon, c'est plutôt une bonne nouvelle ça, commente Lucette.

— Un astéroïde ! Un bolide énorme qui vient du ciel droit sur nous ! On va se le prendre ! Ici ! Chez nous ! Sur notre bonne vieille ville du Trou ! C'est imminent !

— Et vous avalez ça, Maguy ? !

— Ils l'ont dit !

— Ils l'ont dit ils l'ont dit ! Mais chaque fois qu'ils disent, on sait que ce n'est pas vrai et que c'est les vérités qu'ils ne nous disent pas !

— Vous êtes bien négative, Lucette.

— Et Tchernobyl ! Vous vous souvenez de Tchernobyl ? ! Avec le nuage qui s'est arrêté pile à la frontière !

— C'est vrai ça.

— Et qu'on a tous été irradiés comme les autres !

— C'est vrai ça.

— Et que s'il y a autant de cancers aujourd'hui, il ne faut pas se demander pourquoi.

— C'est vrai ça.

— Alors ! Votre astéroïde ! C'est encore un mensonge !

— C'est vrai ça.

— Ils ont quelque chose de sordide à nous cacher, et ils nous servent le coup de l'astéroïde pour qu'on ne pense qu'à ça ! Vous verrez qu'il va juste nous éviter !

— Dieu vous entende, Lucette.

— Laissez Dieu tranquille, Maguy. Il n'existe pas. »

29

Un peu pétée mais pas trop, grise, juste, c'est
agréable, Mme Chiffe s'en revient, trotte menu,
place de la Doucette, pour se remettre d'aplomb
avant les vêpres. Il fait bon. Les oiseaux chantent.
Le ciel est bleu. C'est avril. On ne dirait vraiment
pas qu'on va mourir si vite. «Oh! récite-t-elle
pour elle-même, avant que tu t'en ailles, pâle étoile
du matin, mille cailles chantent, chantent dans
le thym.» Elle manque se casser la figure mais
se reprend de justesse. No-bo-dy dehors. La télé
résonne par-ci par-là. Le Trou est mort. Mme Chiffe
n'y prête aucune attention. Encore quelques heures
pour se préparer. Après, notre Seigneur Christ Roi
nous recevra tous dans sa grande maison éternelle.
«Dans une rue, au cœur d'une ville de rêve, ce sera
comme quand on a déjà vécu : un instant à la fois très
vague et très aigu»… Mme Chiffe a le cerveau en
surchauffe et déclame poésie sur poésie. Elle pense
à sa vie brève et n'a aucun regret. Le porto agit sur
le cerveau de notre amie qui accélère. Dieu, c'est
son manège à elle. Les grands discours de tout le

monde, elle s'en moque. Les yeux bleus de la petite vieille à la permanente figée brillent de mille feux. Elle arrive enfin, ouvre la porte, la fenêtre, s'installe et prend un livre. «Dans un palais, soie et or, dans Ecbatane, de beaux démons, des Satans adolescents, au son d'une musique mahométane, font litière aux Sept Péchés de leurs cinq sens.» Comme c'est beau! Assise près de la fenêtre, Mme Chiffe est prise d'un léger vertige. Elle pense à ses parents, morts depuis longtemps. Et à leurs parents, morts depuis si longtemps. Et voilà que c'est son tour à elle. De mourir pour les siècles des siècles. Il ne restera plus rien. Elle se revoit enfant, marchant dans les sentiers fleuris, la main dans la main de son père. Il avançait à petits pas, il était malade et ne se plaignait jamais. Mme Chiffe se mouche et se redresse. Comme son père était doux! Une larme perle à ses paupières. Heureusement, là-haut, sur son grand cheval blanc, le Christ l'attend. Elle le sait. Dimanche, il l'invitera à le rejoindre, la tiendra fermement entre ses bras, puis le cheval partira au triple galop direction les étoiles. C'est un animal magnifique, comme Crin Blanc, qui se déplace plus vite que le vent. Dehors, la lumière pâlit. Mme Chiffe soupire, elle va être en retard. Cette histoire d'astéroïde, quand même, elle a du mal à la prendre au sérieux. Mme Rousse et les autres sont bien influençables. Personne ne peut savoir ce qui va arriver demain. Devant sa fenêtre, soudain, le chat de Mme Rousse. Celui-là passe son temps à faire le tour des vieilles, on dirait un veau gras. Ce n'est vraiment pas sérieux de lui donner à manger comme le fait son amie. Les chats, ça doit vivre dehors. Elle se lève d'un coup, enfile ses chaussures et part à fond de train. Direction l'église des Cordeliers. En tournant à droite, elle manque se casser la figure, ralentit, puis repart à bonne allure. On dirait une jolie souris grise aux abois. Il paraît que le père Catelan est dans tous ses états. Elle ne veut pas le contrarier. Dans l'église des Cordeliers, deux énormes cierges éclairent l'autel. Mme Chiffe reprend ses esprits et se glisse au premier rang. Elles sont une quarantaine ce soir. Un record d'audience ! Elles se connaissent toutes. Toutes sont vieilles depuis si longtemps. Elles se font de petits signes. Il y a dans l'air comme une effervescence nouvelle. Des chaises grincent. On se retourne.

« Bonjour, mademoiselle Chazalon !

— Bonjour, Paulette ! Ça fait longtemps qu'on ne vous a pas vue !

— Je suis tombée dans les escaliers, j'ai mal partout et j'ai cru ne jamais arriver ! On dégringole vite, vous savez...

— Ne dites pas ça ! Vous avez l'air en pleine forme !

— Bonjour, Mauricette ! Comment allez-vous ?

— J'aimerais retrouver ma dent...

— Bonjour, madame Cointe !

— Bonjour, madame Gontard ! »

Le brouhaha, peu à peu, devient cacophonie.

« Et vous, Maguy, ces jambes, vous avez toujours aussi mal ?

— Ne m'en parlez pas, j'ai rendez-vous chez le médecin la semaine prochaine !

— Vous êtes sûre que c'est bien utile ?...

— Et pourquoi pas?

— Bonjour, madame Cointe!

— …

— Madame Cointe!

— Je crois qu'elle est sourde, vous n'y arriverez pas…

— Bonsoir, madame Chiffe!

— Madame Rouby, vous êtes venue?!

— Ici ou ailleurs…

— Il ne faut pas dire ça! Essayez de voir le verre à moitié plein plutôt que le verre à moitié vide… Il ne faut pas désespérer!

— C'est facile de donner des leçons… Vous n'êtes pas à ma place…

— Madame Daspet! Vous ici! Quelle nouveauté!

— Il n'y a que les imbéciles qui ne changent pas d'avis, sourit Mme Daspet.

— Et, là, à côté de vous, mais c'est Mme Rousse qui dort!

— Eh oui, sourit Mme Daspet.

— Mais c'est qu'elle sent fort l'alcool!

— Eh oui, sourit Mme Daspet, ce matin, Mme Rousse a bu un tonneau de porto.

— …»

Joyeuses soudain, les paroles, les phrases prolifèrent. On se croirait dans un poulailler à l'heure de pointe.

«Et le père Catelan, qu'est-ce qu'il fait?

— On ne s'est quand même pas déplacées pour des cacahuètes!

— Pour une fois que je viens…

— On comprend que l'église n'intéresse plus personne avec des curés aussi motivés…

— Moi je suis venue mais de toute façon je suis sourde et je n'entends plus rien…

— Le père Catelan, quand même, ça fait un moment qu'il a perdu la carte…

— Qu'est-ce que vous dites ? ! ! !

— Il est obsédé par la télé ! Il m'a fait tout un cinéma parce que je regarde *Wounchpounch*…

— *Wounchpounch* ? crécellent quatre vieilles rongées de curiosité…

— C'est à six heures du matin, se rengorge la wounchpouncheuse.

— Oh là là ! chevrotent les quatre vieilles fatiguées d'un seul coup.

— Et le père Catelan ?

— Qu'est-ce qu'il fait ?

— Oui ! ? ! ?

— Qu'est-ce qu'il fait ! ! !

— Le père Catelan ! ! ! »

Force est de reconnaître, les quarts d'heure passant, que le père Catelan est invisible pour le cœur et pour les yeux. Force est de reconnaître, les quarts d'heure passant, que toutes ont oublié le père Catelan. On a poussé les chaises, on s'est installé. On n'est vraiment pas sérieux quand on a quatre-vingt-dix-sept ans et qu'un astéroïde qui bombe à fond la caisse direction la terre est attendu pour là presque tout de suite. Dans l'obscurité bienveillante de l'église des Cordeliers, loin des affaires trépidantes de notre pauvre monde, des dizaines de créatures endommagées sont en plein conciliabule. Telles des mouches dans l'étable autour des pots remplis de lait, telles sont-elles en train de parler de leur tension, de leur cœur, de leur cataracte, des soins qui ne sont jamais assez bien faits, des médecins qui ne sont jamais assez attentifs, de tout cela qui, avant, ne se produisait pas, parce que avant, bien sûr, avant était l'âge merveilleux de leur jeunesse d'or.

30

Mais quel con, cet astéroïde! Il ne pouvait pas attendre après le marathon de Londres? Ce n'est pas possible! Ça fait des mois qu'il s'entraîne, Pierre Martin auréolé de gloire dans son short bleu, ce n'est pas pour qu'on lui casse la baraque avec un astéroïde venu de nulle part! Il a appelé Londres pour vérifier. Mais Londres ne répond pas. D'énervement, il a couru comme un malade. Il a fait le grand tour, par le cimetière et plus loin jusqu'au col Bayard. Il est revenu, plein de fougue et de hargne. Pour se changer les idées, il est allé voir Nicole. Il aurait mieux fait d'aller se pendre. Il l'a trouvée allongée sous la table de son salon, tétanisée par la nouvelle, verte de trouille. Incapable d'aligner trois mots sensés. Il a voulu la prendre dans ses bras, la réchauffer, la peloter. Refus catégorique! En plus, histoire de le dégoûter définitivement, elle tenait entre ses doigts crispés une dent qui avait une couleur pas nette. Impossible de lui faire lâcher cette chose immonde. «De toute façon, on va mourir!» larmoyait-elle sans fin. La belle affaire! On le sait qu'on va mourir. Écrasé ou autrement. L'important, avant de mourir, c'est de vivre ! Vraiment elle est trop bête ! D'ailleurs ce sont tous des abrutis ! Nicole, il ne va pas la garder. C'est un boulet, une nana pareille. Il n'est pas là pour faire la nounou ! La première contrariété, et voilà dans quel état elle se met ! Pas fiable ! Pas solide ! Il a besoin de quelqu'un qui s'occupe de lui, pas l'inverse. Il la revoit et, la revoyant, s'énerve tout seul comme un grand. Et moi qui croyais avoir trouvé l'affaire avec un grand A ! D'accord, elle est jeune. Ça, c'était une affaire. D'accord, je sentais bien qu'elle était pas très douée. Et ça aussi c'était plutôt bien. Mais à ce point-là, je renonce ! Il faut que je revoie tous mes plans ! Excité comme une puce, Pierre Martin auréolé de gloire dans son short bleu marche dans les rues de la ville désertée comme d'habitude pas plus pas moins. De toute façon, astéroïde ou pas, qu'est-ce que tu veux que ça change pour toutes ces vieilles ? Elles sont amorties depuis des années. De la copropriété, la seule qui tient encore la route, c'est Régine Daspet. Celle-là, elle ne s'est pas embêtée ! Son mari a été le grand cocu du département. Elle avait pourtant envoyé promener Pierre Martin, il y a déjà bien des années. Il avait alors senti son mépris. Pour qui elle se prenait, cette mijaurée ? Il avait même envoyé une lettre anonyme au mari pour lui raconter tout ce qui se passait dans la mercerie de Madame. Aucune conséquence. Rien ! Il avait pourtant mis le paquet. Il devait être content d'être cocu, le vieux Daspet. D'ailleurs il est mort aussi, celui-là. Bon débarras ! Pierre Martin auréolé de gloire dans son short bleu marche un pied devant l'autre et oui. Que faire ? Comme si tout devait s'arrêter parce qu'un astéroïde fonce droit sur nous ! Mais quel pays ! La moindre nouveauté, et tout se paralyse ! L'homme est devenu une espèce de dégénéré couard et feignant. Du temps de sa jeunesse, ça ne se passait pas comme ça. Chaque problème trouvait sa solution. On se concertait, on réfléchissait, on agissait. Aujourd'hui, c'est une fuite en avant permanente ! À force de fermer les yeux, on laisse tout pourrir. Pierre Martin auréolé de gloire dans son short bleu est rouge de colère. Trois générations ont suffi pour que le pays devienne un zéro pointé. Un astéroïde s'annonce et c'est la fin du monde ! Il rêve, notre nonagénaire. Il hallucine ! Lui ne veut pas perdre une seconde de sa précieuse existence. Il n'a pas dit son dernier mot ! Il n'a que quatre-vingt-dix ans. De nos jours, facile, on va jusqu'à cent vingt. Il a trente ans devant lui. De toute façon, cet astéroïde, s'il tombe sur la planète, ne va pas forcément tomber sur Le Trou. S'il tombe, ça va faire des dégâts, mais on n'est pas obligés de tous y passer. Il y aura des survivants. Ce sont les faibles qui disparaîtront les premiers. Par exemple, son crétin de fils. Ça l'étonnerait qu'il résiste celui-là ! Il doit être sous la table ! Comme Nicole. Lui, Pierre, ne se fera pas avoir. Il est de la race des mutants. La vie est trop belle, il faut la dévorer jusqu'au bout. Il n'est pas vieux, lui. Et il ne le sera jamais ! Pour faire face, il faut une bonne condition physique. Lui est en pleine forme. Prêt pour le marathon de Londres, c'est dire ! Les médecins sont formels. Pas de cholestérol, pas d'arthrose, pas d'artériosclérose, pas de cancer, toutes ses dents ses poumons son cœur sa rate son foie ses muscles ! Histoire de se prouver qu'il dit vrai, Pierre Martin auréolé de gloire dans son short bleu accélère le pas. Une deux. L'air, chaud, le grise. Le Trou est une ville fantôme. Le bruit des baskets sur le macadam berce notre héros qui cogite à fond la gomme. Cet astéroïde, finalement, c'est peut-être pas si mal. Une bonne catastrophe, y a que ça pour éveiller l'humain ! Et pour assainir. Toutes ces vieilles qui palabrent à longueur de journée et qui se font soigner juste pour durer encore et se faire soigner encore. Voilà qui ruine un pays ! Toutes ces retraites payées pour qui pour quoi ? Lui touche aussi sa retraite, mais ce n'est pas pareil. Lui est actif, lui a des projets. Voilà l'important ! Avoir toujours envie de gagner le pactole en fricotant à la Bourse, en jouant au Loto, s'acheter une nouvelle voiture encore plus performante, consommer toujours plus. Se réveiller avec l'envie de bouffer son voisin. De bouffer tous ceux qui vous empêchent d'être le premier au marathon de la vie. C'est dans la tête que ça se passe. On n'arrête pas de nous bassiner avec ça. Il pense pareil. On a vécu peinard pendant quelques dizaines d'années, mais maintenant c'est fini. Maintenant, c'est la crise, la vraie. Depuis le temps qu'on nous le dit, on y est enfin et pour un moment. Ceux qui n'ont pas de tête vont rester sur le carreau ! Il le sait, Pierre Martin auréolé de gloire dans son short bleu. La vie ne fait pas de cadeau. La sécurité sociale, la retraite, l'humanitaire, tous ces machins pour handicapés, ça va être fini rayé balayé en moins de deux. Ceux qui arrivent aujourd'hui n'auront que les yeux pour pleurer. Tous ces jeunes lamentables ne savent même pas ce qui leur arrive. Pierre, lui, sait. Et puis, s'il est toujours jeune, il a quatre-vingt-dix ans. Qu'est-ce qu'il en a profité ! C'était des années que les jeunes ne peuvent même pas imaginer. Tu bossais, t'avais du fric, tu bossais pas, t'avais pas de fric mais c'était pas un problème, puis tu bossais à nouveau et t'avais du fric à nouveau. Tout était facile, et du coup les gens étaient gentils. Les gens sont plus facilement gentils quand tout va bien. Quand tout va bien, tu peux te battre pour les droits de l'homme. Mais c'est le passé. L'homme, aujourd'hui, n'a plus aucun sens des valeurs. Il suffit de regarder les infos pour comprendre à quel point on se fait avoir jusque-là où c'est pas permis. Il y a vingt ans, tout le monde se serait mobilisé pour le quart du dixième de ce qui se passe chaque jour. C'est un fait, l'extermination de populations entières ne pose aucun problème. Une deux, les baskets sur le macadam accélèrent. Les riches contre les pauvres, les Blancs contre les autres, les vieux contre les jeunes. Tout va finir par péter. Pierre, lui, ce n'est pas un astéroïde qui va lui faire perdre le moral ! Une deux, Le Trou est lobotomisé comme il se doit. Notre champion hésite puis se dit qu'une petite sieste serait la bienvenue. Demi-tour, les jambes musclées longent de nouveau le cimetière, le crématorium qui fume, le petit chemin, la troisième rue à droite et voici la copropriété. La concierge, ahurie, le regarde passer sans mot dire. Une première. Un silence absolu règne. Le grand silence d'avant la fin.

31

Régine Daspet, son masque purifiant à l'argile verte bien étalé sur le visage, attend en se faisant les ongles. Il fait beau, la journée va être magnifique. En plus Kevin doit l'appeler ce matin pour lui donner rendez-vous. Elle n'aurait jamais cru, Régine, qu'une histoire pareille puisse lui arriver. Elle n'en parle à personne, mais, avec Kevin, c'est mer-vei-lleux. Ce garçon est en or. De sa vie, elle n'a jamais pris son plaisir comme ça. Rien que de penser à lui, elle tremble de la tête aux pieds. Elle est complètement accro. Elle essaie de penser à autre chose. Et puis en même temps elle aime ne penser qu'à ça. En ce moment, elles sont toutes tombées sur la tête ses amies ! Cette histoire de météorite, c'est pathétique ! Vivement lundi qu'on passe à autre chose ! C'est marrant comme les gens gobent n'importe quoi. Cette pauvre Rousse, quand même, se mettre dans un état pareil ! Elle termine sa main gauche. Elle a toujours eu un faible pour le porto, Rousse, c'est un fait. Ses ongles aujourd'hui seront bleu ciel. Elle va mettre son tailleur jaune soleil. Kevin aime quand elle porte des couleurs gaies. En tous les cas, elle s'en contre-fiche, Régine, de la fin du monde pour dimanche. L'important, c'est qu'elle voie Kevin aujourd'hui ! Elle commence sa main droite quand la sonnerie musicale du téléphone se fait entendre. Elle sursaute et fonce comme une gamine.

«Allô !

— Allô ?

— Mon Kevin, c'est toi ?

— Oui, ma puce.

— Tu vas bien ?

— Oui, ma puce, mais ça va être difficile de se voir aujourd'hui.

— Non !!! (*déchirant*)

— Écoute, je vais voir ce que je peux faire mais j'ai du boulot par-dessus la tête.

— Non !!! (*déchirant*)

— Tous les fours marchent en même temps tout le temps depuis quarante-huit heures.

— Non !!! (*déchirant*)

— Écoute, je vais voir ce que je peux faire. Mais les vieilles se ramassent à la pelle !

— Non !!? (*attentif*)

— C'est dingue ! Avec tout ça, je risque pas d'être au chômage !

— Mon Kevin, tu ne m'oublies pas ?

— Non, ma puce, je ne t'oublie pas mais toutes ces vieilles d'un coup c'est géant !

— Que se passe-t-il ?

— On n'a pas le droit de dire mais y a comme une vague de suicides de vieilles…

— Mais pourquoi ?

— Ben, ch'ais pas, moi. Peut-être que la caillasse qui est en train de nous arriver dans la tronche, ça leur fout les jetons…

— Mais c'est insensé ! C'est ridicule cette histoire !

— Peut-être qu'elles en ont marre. Elles ont minimum quatre-vingt-dix ans ! C'est pas comme toi, ma puce ! Toi, tu es encore une jeunesse à côté ! En tous les cas, avec tout ça, je risque pas d'être au chômage !

— Mais comment font-elles ?

— On n'a pas le droit de dire mais elles se jettent toutes par-dessus bord. Pour faire le grand saut, y en a qui ont choisi le toit du Super-U, y en a qui ont choisi la rue Pérolière. Tu vois devant chez Marcellin ? Eh ben y en a dix qui sont tombées pile devant sa boucherie. Il est dans un état !

— Qui ?

— Marcellin ! T'imagines dix cadavres devant ta vitrine ! C'est pas bon pour le commerce !

— Il pourrait les préparer à la sauce gribiche !

— En tous les cas, avec tout ça, je risque pas d'être au chômage !

— Tu ne penses qu'à ça, ne pas être au chômage…

— Croque-mort ! Le job idéal parce qu'il y aura toujours des gens qui trépassent !

— Tu es étrange, mon Kevin…

— Un jour y aura plus de pétrole, mais y aura toujours des macchabées !

— …

— Ceci dit, si on n'a plus de pétrole, on aura du mal à les faire cramer…

— …

— Bon, c'est pas tout, ma puce, mais il faut que j'y retourne ! Y a du taf. En tous les cas, avec tout ça, je risque pas d'être au chômage ! »

Régine raccroche et, doucement, se dirige vers la salle de bains. Il est quand même bizarre, ce garçon. Elle commence à se laver le visage, le masque purifiant à l'argile verte coule dans le lavabo, glou glou, fait le tuyau. Elle n'aimerait pas avoir un fils comme ça. Sous l'argile verte la peau est orange. D'un seul coup, elle se sent vieille. Ce qui n'est pas dans ses habitudes. Qu'est-ce qu'un jeune homme aussi jeune peut faire avec elle ? Elle a de beaux restes, elle le sait, elle a toujours plu. La peau orange, dans le miroir, est toute fripée. Et en même temps, pourquoi toujours se poser des questions ? Il vaut mieux prendre la vie comme elle se présente. Chaque jour. Chaque seconde. Ses mains couvertes de taches de vieillesse enduisent son corps d'huile bienfaisante. Ses ongles sont bleu ciel. La couleur lui rappelle quelque chose mais elle ne sait pas quoi. Régine sent la rose et le réséda. C'est étrange quand même toutes ces femmes qui se jettent du haut des toits. Elle a beau être détendue, une petite inquiétude commence à poindre. On n'a jamais vu ça ici. Dix devant chez Marcellin ! Quel bazar ! Elle ne l'a jamais apprécié, Marcellin. Mauvaise haleine, les yeux chassieux, un air pas frais. Et mauvais boucher avec ça ! Mais elle compatit. Il va falloir qu'elle se renseigne sérieusement. La sonnerie musicale du téléphone se fait entendre. Elle sursaute et fonce comme une gamine. Josèphe Sarméot est programmée pour dans une demi-heure, il n'y aura personne pour se recueillir et se souvenir. Remontée à bloc d'un seul coup, elle ronronne de plaisir devant le miroir. Met son tailleur jaune soleil. Il lui a dit qu'il n'aimait que les vieilles. Et qu'elle était la plus belle. Minaudant, elle esquisse un pas de deux. C'est un peu bizarre de faire l'amour au crématorium. Elle se parfume, choisit un foulard de soie. Mais l'être humain se fait à tout, paraît-il.

32

Elle est allongée, paralysée. Il est parti. Il est horrible, en fait, Pierre Martin. Aucune attention, aucune délicatesse, aucune élégance. Sous la table, le monde est plus supportable. Ce meuble appartenait à ses parents. C'est tout ce qui lui reste d'eux. Du noyer massif. Du solide. Petite, autrefois, elle aimait se cacher dessous et ne plus bouger pendant des heures. Elle était à l'abri. Les tempêtes pouvaient se déchaîner, là, elle n'en avait rien à fiche! Elle s'imaginait voguant sur l'eau. Seule sur la table radeau, elle traversait l'océan et se retrouvait de l'autre côté du monde, sur les rives de l'Amérique! Elle y croyait jadis. Mais un radeau contre un astéroïde, ça ne va pas faire le poids! Seigneur, Marie, Joseph! Comment font les gens? Il n'y a aucun bruit dans l'immeuble. Comment font les gens depuis toujours quand ils vont mourir? Elle aimerait se raccrocher à quelque chose. C'est important, paraît-il. Elle envie soudain ceux qui ont la foi. Elle donnerait tout pour croire aussi. Ça doit être tellement rassurant d'être convaincu qu'une fois mort, on est enfin vivant.

Quelle chance ils ont, tous ces croyants qui peuplent la planète ! Elle, elle n'a rien. Elle a beau chercher. Elle a eu ses parents. Qu'est-elle venue faire ici ? Elle aurait aussi bien fait de rester à Moisy si c'est pour se prendre un astéroïde la première année de sa retraite ! Elle peut se l'avouer, maintenant, sous la table, elle n'aime pas du tout cet endroit. Elle trouve ça sinistre ce ciel bleu permanent sans nuage. Elle trouve ça angoissant ces vieilles par milliers qui hantent la ville. Elle n'a pas vu une seule personne de son âge depuis son arrivée ! Il paraît qu'il y a quelques rares jeunes qui travaillent au crématorium et à la clinique. Ils ont tellement de boulot qu'on ne les voit jamais. C'est étrange ici. Le Trou. On n'en parle pas à la télé. Ça sonne à la porte mais elle ne bouge pas. Elle ne veut plus voir personne. Elle fixe le bois de la table. Le noyer est d'une belle couleur. Le regarder lui fait du bien. C'est un meuble de son enfance. Le regarder, c'est traverser le temps. Nicole se dit qu'elle devrait se concentrer et réfléchir aux choses sérieuses. Mais son cerveau répond absent. Elle ne pleure plus. L'astéroïde doit heurter la terre dimanche. Il ne reste pas longtemps pour plier bagage. C'est absurde ! Tout cela est complètement absurde ! Elle a le sentiment d'être flouée. Qu'aura-t-elle vécu ? Que restera-t-il ? Rien. Son regard se fige. Mais que reste-t-il de chacun de nous depuis des siècles et des siècles ? Rien. Ça sonne à la porte, on l'appelle mais elle ne bouge pas. Elle ne veut pas entendre. D'un seul coup, elle a une vision effrayante de tout ce rien depuis le début de l'histoire de l'humanité. Ouh là là, que c'est sinistre ! Et en même temps, c'est un rien plein d'histoires et

de fureurs ! C'est un rien qui n'est vraiment pas rien !
Entre ses doigts, Nicole serre la dent, qu'elle ne sait
pas appartenir à Mauricette. Cette dent est un signe.
Elle l'a trouvée sous son canapé pile au moment où,
aux infos, on parlait de l'astéroïde pour la première
fois. Bizarre, mais, depuis, elle n'arrive pas à la
lâcher. Pierre Martin auréolé de gloire dans son short
bleu a essayé de la lui arracher. En vain. Elle ne s'en
dessaisira pas. Pourtant, c'est une dent qui a vécu.
Pas bien blanche. Pas bien propre. Avec un plombage
qui date de la Deuxième Guerre mondiale. Une vieille
dent de vieille. Une vieille dent de vieux devant. Elle
pourrait être dégoûtée, comme cet imbécile de Pierre.
C'est tout le contraire. Cette dent l'émeut. C'est son
doudou. Elle s'en moque, Nicole, de choquer. Ses
doigts frottent doucement l'émail usé. L'appartement
est propre et silencieux. Marrant que personne ne
réagisse, qu'il n'y ait aucun branle-bas de combat.
Mais tout le monde est si vieux que peut-être tout le
monde s'en moque. On voit pas pareil à quatre-vingt-
dix qu'à soixante. Sont-ils seulement au courant ? Elle
a éteint la télé depuis qu'ils ne passent plus que des
publicités. « Sauvez un cochon, mangez un chat ! »
Et puis quoi encore ? Elle a éteint, mais elle a eu le
temps d'apprendre le nom de l'astéroïde maléfique.
Tous les bouts de machin qui se baladent au-dessus
de nos têtes sont fichés et portent des appellations
contrôlées. Le ciel a sa géographie. De grands spécia-
listes se sont penchés sur ce dernier cas et ont trouvé
un nom de circonstance. L'engin de mort s'appelle
Bonvent. Ils ont le sens de l'humour ! Après cette
dernière information, Nicole a fermé le poste pour

toujours. Bonvent. C'est pas si mal, finalement !
Elle s'attendait à quelque chose de plus compliqué.
Bonvent dans la tronche ! Poum ! Et l'homme rayé de
la planète comme les dinosaures nos amis. Bonvent
et hop ! Finita la commedia !

33

Le cabinet est spacieux. La fenêtre, entrouverte, laisse entrer un air déjà chaud pour la saison. Pourtant, comme chacun sait, on est en avril. De nos jours, vous l'aurez remarqué, dès qu'il fait chaud quelques heures d'affilée, la météo qui se trompe à longueur de semaines alerte toute la communauté. «Gare! Gare! Voici un début de canicule! Prenez des nouvelles fraîches de vos voisins!» Et c'est le même refrain dès que la pluie tombe à seaux sur votre jardin. «Gare! Gare! Le tsunami est pour tout de suite, préparez votre canoë-kayak!» L'être humain en ce début de siècle scrute l'azur avec appréhension et craint le pire. Que nous prépare le ciel? Mais dans le cabinet du docteur Fenouil, l'humeur n'est pas à la contemplation des stratocumulus. Le rendez-vous a été une épreuve. Paul n'en peut mais. Le docteur Fenouil, petit, gros, jovial, souffle. Coriace, la vieille.

«Les examens sont parfaits, madame. Parfaits!

— C'était bien la peine, alors, de faire tout ce cinéma! Je le sais bien que je vais bien...

— Parfait, parfait! On va pouvoir fixer la date

de l'opération très rapidement. Votre fils va s'en occuper…

— Quelle opération?

— La CA TA RAC TE, maman, articule Paul qui n'en peut mais.

— Mais quelle idée!

— Ce n'est pas une idée, madame, c'est une réalité. Comme nous vous l'avons dit cent vingt fois pendant ce rendez-vous : il faut absolument opérer. Et commencer par l'œil gauche.

— Mais j'y vois! Je n'y ai jamais aussi bien vu! Et surtout de l'œil gauche!

— Tu ne vas pas recommencer! Tu te sentiras beaucoup mieux après!

— Qu'est-ce que tu en sais? C'est encore une de vos idées, ça, de me faire opérer! Avoue-le, encore une idée de ta femme!

— Madame!

— Vous ne savez rien, vous! C'est sa femme qui manigance tout. Ça commence par la cataracte et après, on ne sait pas jusqu'où ça peut aller!

— Maman, murmure Paul ratatiné, tu n'as pas honte de parler ainsi devant le docteur?

— C'est la stricte vérité, claironne-t-elle en reboutonnant sa veste. Ose dire le contraire!»

Le docteur Fenouil, fébrile, classe ses dossiers et tourne le dos à la scène.

«Tu exagères! Françoise ne manigance rien!

— Mon pauvre Paul, tu t'es toujours fait avoir! Moi, je sais.

— Et tu sais quoi? s'énerve peu à peu Paul qui aimerait rester calme.

— Je sais qu'elle sera ravie de me voir enfermée dans une maison pour vieux ramollis du cerveau !

— Tu dis des horreurs !

— Je la vois, moi, quand elle vient chez moi. Sa façon de fureter, à droite à gauche, d'évaluer tous les objets, tous ses futurs biens…

— Madame, c'est de votre cataracte qu'il s'agit ! glousse Fenouil.

— Et puis après ce sera le cerveau ! Elle me trouvera gâteuse ! Je vois bien comme elle me regarde chaque fois, inspectant tous mes gestes, attendant la première erreur pour pouvoir dire à son mari, mon pauvre fils, que Mamoune commence à sucrer les fraises et qu'il faut s'y préparer ! Elle m'appelle Mamoune, docteur, ils m'appellent tous Mamoune, c'est insupportable !

— Mais non, glousse Fenouil, Mamoune, c'est joli…

— C'est vrai que vous n'êtes pas gâté, vous !

— Maman !

— Madame, je préfère rester professionnel ! siffle Fenouil, l'œil noir.

— Tout le monde se ligue contre moi !

— On s'en va ! ordonne Paul. Merci, docteur ! Au revoir ! »

Il saisit le bras de Mamoune et la pousse vers la sortie.

« De toute façon, madame Mamoune, dit soudain Fenouil inspiré, on va attendre ce week-end parce que, peut-être, après, il n'y aura plus personne pour opérer personne !

— Comprends pas, ronchonne Mamoune.

— Vous n'avez pas entendu parler de Bonvent?

— Bonvent?

— Vous ne vous intéressez pas à l'actualité?

— Je n'en ai rien à fiche de l'actualité…

— Eh bien, si vous suiviez l'actualité, vous sauriez qu'un astéroïde nommé Bonvent va s'écraser dimanche sur notre bonne vieille terre!

— Et alors, qu'est-ce que vous voulez que ça me fasse?

— Comme vous habitez la terre, et que la terre risque d'être sérieusement endommagée, vous risquez donc, par conséquence, d'être vous-même sérieusement endommagée…

— Vous y croyez vous, docteur, à cette histoire? demande Paul angoissé.

— Attendons dimanche, répète Fenouil théâtral en ouvrant la porte.

— Merci, docteur», murmure Paul blême.

Sur le parking, la Peugeot 305 noir brillant astiquée du matin les attend. Il demande à sa mère de mettre sa ceinture. Elle ne bouge pas d'un pouce. Concentré, il se penche, tend le bras, elle le regarde d'un air de poisson mort. Clac! Elle est en sécurité. Un silence épais s'installe dans l'habitacle.

«Maman, je t'interdis de parler de Françoise comme tu l'as fait tout à l'heure! éructe soudain Paul qui voudrait la tuer mais c'est sa mère dommage.

— Qu'est-ce que j'ai dit?

— Tu le sais très bien!

— Je ne me souviens plus.

— Tu dis qu'elle en veut à ton argent et qu'elle veut te faire enfermer!

— C'est la stricte vérité.

— Non !

— Tu vois la cloche en terre cuite sur l'étagère dans ma pièce ? Cette laideur que ton père a achetée en pensant que c'était la merveille des merveilles. Elle a une façon de la regarder, de la nettoyer, de la remettre en place… Comme si elle était déjà à elle. Pas étonnant, qu'elle bade devant une cloche ! Quelle cruche !

— Arrête ou je te sors de la voiture !

— Tu n'en es pas capable. »

34

C'est plus fort qu'elle, elle met ses chaussures, enfile une veste et fonce vers le garage. La 106 verte constellée de bosses l'attend. Elle sourit, démarre et prend le chemin qui mène à la route. Direction Le Trou. Elle a oublié ses lunettes de soleil et ne voit pas grand-chose, mais elle croit en la Providence. C'est un jour bleu. La beauté du moment la remplit de joie. Elle accélère, personne à droite personne à gauche. Dans la voiture, elle est libre. De toute façon, ce matin, elle veut juste aller à la pompe à essence du Super-U. Il ne peut rien lui arriver de mal. Elle doit faire du trente à l'heure et roule très très à droite. La pompe à essence du Super-U est près du nouveau cimetière, là où ils ont installé le crématorium. Elle, se faire cuire, elle n'aimerait pas. C'est certainement ridicule, comme dirait sa fille, mais l'idée lui fait froid dans le dos! Elle préfère être mangée par les vers. Tranquille dans son cercueil, à côté de Gilbert. Laisser faire la nature. Retourner à l'humus. Quoi de plus beau que les âmes enfouies dans la terre. Que va être l'avenir? Elle a eu sa fille au téléphone.

Elle appelait du fin fond de l'Asie. Elle ne peut pas revenir pour souhaiter, avec sa chère maman, bienvenue à Bonvent ! Pour la première fois, elle a senti le cher rejeton de sa race dérouté par les événements. Il suffit d'un astéroïde et tout tremble ! Les plans sur la comète. La carrière tracée au cordeau. Les objectifs. Les motivations. Les augmentations. Un coup de Bonvent et au revoir ! Elle sourit. Elle a vécu sa vie. Et Gilbert n'est plus là. Elle est sereine. Elle trouve que c'est assez poétique le choc d'un astéroïde contre la terre. C'est bien mieux qu'une guerre. Ça va certainement faire mal, mais vivre tue, tout le monde sait ça. Elle n'arrive pas à éprouver de compassion pour sa fille. Elle trouve même que c'est plutôt bien qu'elle soit à l'autre bout de la planète. Elle sera seule et pourra exécuter son plan. Élodie chez elle, même à l'article de la mort, lui ferait encore des leçons. Finalement, avec qui peut-on parler ? Avec Gilbert, c'était autre chose. Ils n'ont pas eu besoin des mots. Ils étaient ensemble, et cela a rempli les journées, les semaines, les années. Elle n'a pas vu le temps passer. Il faut longer le nouveau cimetière pour arriver à la pompe à essence du Super-U. Comme elle ne voit pas grand-chose, elle met du temps à comprendre que tout est surpeuplé. Il y a embouteillage ! Que de voitures, que de corbillards ! Elle en est tout estomaquée et, de surprise, cale. La 106 verte constellée de bosses ne répond plus. Elle commence à transpirer. Malgré les circonstances, très vite, un concert de klaxons s'élève dans l'air chaud de ce joli mois d'avril. Elle transpire derechef, appuie en même temps sur le klaxon, le frein, le bouton des essuie-glaces. Rien ne bouge.

Alors, perdue, elle voudrait pleurer. Son menton commence à trembler et ses yeux se brouillent lorsqu'un jeune homme de deux mètres de haut arrive lentement à sa hauteur et tape au carreau. Paniquée, elle lui sourit. Lui itou. Le géant retape au carreau avec douceur pour montrer à la dame qu'il ne lui veut aucun mal. N'arrivant pas à ouvrir la fenêtre, elle ouvre la portière.

«M'dame, je peux vous aider? Vous avez l'air bloquée là.

— Je…, je n'arrive plus à démarrer et je dois aller à la pompe au Super-U…

— Vous inquiétez pas. Si vous voulez, je vous y conduis. Ils sont tous énervés là, c'est difficile pour une personne âgée…»

Elle sourit, il sourit. Elle lui cède la place.

«Que se passe-t-il? demande-t-elle pour avoir l'air de s'intéresser.

— Là, je fais une pause, mais on est débordés, m'dame, y a des mortes partout.

— Partout?

— Oui! C'est super, avec ça je risque pas d'être au chômage! En ce moment les mortes se bousculent au portillon!

— Vous faites quoi dans la vie?

— J'enterre.

— Si jeune!

— Y a pas d'âge, m'dame, pour enterrer son prochain.

— Moi, je ne voudrais pas être incinérée…

— Vous avez tort, c'est propre, net, liquidé en quelques heures…»

La 106 verte constellée de bosses se gare devant la pompe. Le jeune homme, délicat, propose à la conductrice de s'occuper lui-même de faire le plein. Soulagée, elle accepte et observe, derrière la vitre, cet étrange humain. Tout cela est réglé en deux temps trois mouvements. Il reprend place et lui propose de la guider. Il lui sourit, elle lui sourit. Elle vérifie que le plein est fait. Elle le trouve gentil, ce jeune homme. Il n'a aucun problème pour extirper la 106 verte constellée de bosses de ce capharnaüm. Puis il sort de l'habitacle, l'aide à s'installer, elle est presque émue et le remercie de son aide. Il s'incline.

« Vous êtes belle, m'dame. Et j'en connais un rayon question vieilles.

— ? »

Il lui tend sa carte.

« Si vous changez d'idée. Pour l'incinération. Vous inquiétez pas, je vous ferai un prix.

— Merci, merci ! » chevrote-t-elle en ne sachant vraiment plus où elle habite.

La voiture avance lentement. Elle retrouve le chemin familier. Autour d'elle, c'est un brouillard lumineux. Autour d'elle, tout redevient silencieux. Flou, le monde s'embellit. Quel gentil jeune homme ! La voiture est prête. Elle ne repassera plus jamais par là. De toute façon, ce n'est pas sa direction. La montée de la Mouline se fait sans encombre. Il n'y a personne. Les voisins dorment encore. Un long bras timbré d'or glisse du haut des arbres. Elle est seule et sourit au volant de son carrosse princier. Puis elle freine, met le clignotant et tourne à droite. On ne pourra pas dire qu'elle ne

sait pas conduire. Elle laisse la voiture dans la cour,
entre chez elle. Il est neuf heures du matin. Elle n'a
plus rien à faire.

35

Aux longues tablées du temps, les cruches de Dieu s'abreuvent. Le père Catelan, abasourdi, contemple le cadavre de Bernadette Bouzige. Discrètement, il est venu se reposer près de la dépouille. Il ne croit plus en rien, Catelan. C'est venu d'un seul coup. Il en est tout étonné. Depuis son enfance, il vit dans la paix du Christ. Depuis toujours, cet abandon et cette joie qu'il partageait avec sa mère. Sa pauvre mère qui a tant souffert et qui lui a ouvert le chemin. Et depuis deux jours, plus rien ! Ras le bol de ces âneries. Un rejet violent, total, viscéral. Comme une armure d'acier de trois tonnes qui tomberait et se briserait en mille morceaux dans un grand vacarme silencieux. Il est nu, Catelan ; c'est terrible et c'est extraordinaire. Chez Bouzige, il n'y a personne. Quelle a été la vie de cette femme ? Il essaie de se concentrer sur quelque chose et ne trouve rien. Bouzige, c'est comme les Cointe, Rousse, Chiffe et compagnie. Des vies de merde. Soyons lucide. Et sa vie à lui, c'est pareil. Il a préféré se planquer derrière l'habit qui fait le moine. S'il veut être honnête, il sait qu'il a choisi la facilité. Il a compris, très vite, qu'il ferait partie des écrasés, des faibles. Il a tout pigé, il a vu sa mère. Et, très tôt, avec l'aide de maman, il a su que Dieu, dans son extrême bonté, le protègerait. Il a prié chaque jour. Il s'est mis hors du monde. Un curé, aujourd'hui, dans notre beau pays qui décline, c'est juste une aberration. Toute cette comédie, c'est bon pour le Moyen Âge ! L'homme de ce début de siècle est vieux. On ne peut plus lui en conter. Catelan s'échauffe tout seul devant le cadavre de Bernadette. Il ne croit plus mais il aimerait croire encore ! L'homme d'aujourd'hui est supplanté par la machine. Il est content, Catelan, que l'astéroïde arrive au grand galop ! D'un seul coup, ça l'a libéré. Bonvent est un ami. Sans lui, il en serait encore à ruminer et à subir. Il reste quelques heures, et il ne va pas les gaspiller. D'abord Bouzige, parce qu'il a promis de passer la voir. Puis, un petit règlement de comptes à mettre à exécution. Puis, la liberté ! Catelan sourit et hoche du chef. Dans la chambre basse, une mouche tourne autour de la tête à Bouzige. Ça fait un zonzon mélodieux. Une lumière jaune entre par la fenêtre et balaie le sol. On dirait un rayon de poussière d'or. Catelan soupire, le cadavre s'abstient. C'est alors qu'il voit entrer, droites, blanches, fantomatiques, une brochette de vieilles. On dirait un corps de ballet antique. Toutes entourent la couche bouzigienne et se recueillent. Toutes le voient et lui sourient. Trop contentes de retrouver leur curé. Même si c'est ce pauvre Catelan qui a perdu la carte. Elles sont près d'une vingtaine à se serrer dans la chambre. Il n'y a pas d'air. La mouche ne sait plus où donner de la tête. Elles ont leur livre de prières et se mettent à ânonner. Catelan est saisi. Soudain Mme Rousse, il la reconnaît, palpite et demande à s'asseoir. Une chaise est avancée, sur laquelle s'effondre notre amie qui refoule du goulot. Le chœur reprend ses péroraisons. Assise, Rousse somnole et se met à ronfler. Ces dames font comme si de rien n'était. L'heure est grave. Se retrouver autour de Bernadette Bouzige permet de ne pas se sentir seule. En plus, elles l'avaient perdu et elles l'ont retrouvé ! Le père Catelan veille Bernadette Bouzige, avec elles. Comme il y a des moments particuliers. Heureusement Dieu est avec nous et nous aide du haut de Sa Gloire. Le ronflement de Mme Rousse s'accentue. On dirait une Vespa qui accélère soudain pour affronter la montée du col Bayard. Catelan fait comme si de rien n'était et récite Notre Père qui êtes aux cieux, puis d'autres prières qui réjouissent ces dames. La pièce, sombre, au plafond bas, semble un caveau qui chauffe. Sur la route du col Bayard, la Vespa hoquette bruyamment puis crachote. Heureusement, voici un replat, et l'engin reprend son rythme de croisière. Soudain, la fonction reprenant le dessus, le père Catelan ouvre les bras et propose quelques minutes de silence pour les défunts à venir. Dieu sait s'ils vont être nombreux ! Les vieilles penchent la tête et marmonnent dans leur barbe. Courage, pauvres pécheresses, reprend le prêtre en pleine forme, la douleur élargit les âmes qu'elle fend ! Les pécheresses se regardent, penchent la tête et marmonnent dans leur barbe. Puis Catelan, qui pense à la quille, se met à chanter et les vieilles avec lui. Jésus est notre berger. Jésus est notre sauveur. Les visages s'éclairent et les voix, fluettes, fausses, s'élèvent vers l'inconnu. C'est le moment que préfère Mme Chiffe qui adore faire des vocalises. Le père Catelan sourit, ferme les bras les mains les yeux, bénit l'assemblée et s'éclipse hop on ne le voit plus. Un silence religieux flotte par-ci par-là. Les vieilles hésitent quelques secondes. Puis les prières reprennent et, de plus belle, s'en donnent à cœur joie. On dirait des cigales qui, dans le bois, sur un arbre, font entendre leur voix charmante.

36

La cuisine, propre, brille de mille feux. Elle a même ouvert la fenêtre qui donne sur la rue Pérolière. Si elle se penchait, elle verrait tout au bout la boucherie de Marcellin avec le joli cochon rose en bois qui est installé devant. Mais elle est assise près du téléphone. Son fils l'a appelée ce matin. Maintenant, à la place des chiffres, il y a une photo. Elle regarde l'engin qu'elle méprise. Son fils lui sourit. C'est un petit portrait en couleur. Il ressemble à son père. Elle ne l'avait jamais remarqué à ce point. Si elle appuie sur le visage de son fils, ça fait directement le numéro. C'est facile, moderne, génial, lui a-t-il dit, histoire de se convaincre qu'il avait raison. Ce nouveau téléphone, il l'a installé dans la cuisine. C'est là qu'elle passe la plus grande partie de son temps, ça lui évitera de courir pour décrocher. Maintenant, elle est superéquipée. Une vieille à la pointe du progrès ! Il y a des téléphones partout. Il lui a fait la leçon toute la sainte journée. Tu peux m'appeler, maintenant c'est facile, tu appuies sur ma photo et hop je décroche ! Pourquoi tu ne m'appelles plus ? Hein ? C'est facile maintenant, tu n'as plus qu'à tendre le doigt! Et oui, mais elle, elle n'a plus envie de tendre le doigt. Elle est devenue paresseuse. Il n'a qu'à être là, son fils, il n'a qu'à s'occuper d'elle. Ils n'auraient pas besoin de cette artillerie ridicule. Elle ne lui a pas répondu. Elle a juste dit qu'il devrait lui mettre un téléphone dans sa chambre. Il a soupiré et promis de s'en occuper. Puis il est reparti, pressé, prendre un taxi un train un avion. L'homme moderne est un esclave. Elle clignote des paupières quand le téléphone, à côté d'elle, commence à geindre, puis miaule, puis rugit. Elle sursaute et écrase l'ennemi. Silence radio d'un seul coup. Vaincu, le téléphone n'en mène pas large. Elle regarde haineusement l'objet de France Télécom. D'habitude, elle le sait, ça recommence trente secondes après. Les trente secondes passent. Rien. L'appareil reste de marbre. Inquiète, elle prend le combiné pour voir, lorsqu'une voix, qu'elle devrait reconnaître depuis le temps, l'apostrophe :

«Allô !

— …

— Allô! Lucette? bisse la voix amicale.

— Oui?

— C'est bien Lucette?

— Oui, et vous?

— C'est Maguy! Vous me remettez?!

— Oui, oui…

— Maguy, la sœur de Mauricette!

— Oui, répète-t-elle sans savoir.

— Comment allez-vous en cette veille de dimanche?

— Je suis seule.

175

— On est toujours seule quand on est vieille, Lucette.

— Des phrases tout ça. Mais quand on y est, c'est bien autre chose…

— Moi aussi je suis seule, Lucette. Il faut s'y faire…

— Vous, ce n'est pas pareil. Vous avez vos enfants à moins d'un kilomètre. Vous les voyez tous les jours. Ça n'a rien à voir ! Je n'ai qu'un seul fils et il n'est jamais là !

— Il a beaucoup de travail…

— Je m'en moque, de son travail ! Il n'est pas là ! Il ne s'occupe pas de moi. Je serai bientôt morte et nous ne nous serons pas vus pendant toutes ces années…

— Je ne sais pas quoi vous dire, Lucette…

— Pourquoi a-t-on des enfants, s'ils ne sont pas fichus d'être des bâtons de vieillesse ? C'est le monde à l'envers ! Je me suis occupée de ma mère jusqu'au bout, moi !

— C'était pas pareil, avant…

— Et toutes ces heures, seule du matin au soir. J'écoute les infos. C'est ennuyeux. Je n'écoute pas les infos. C'est ennuyeux.

— Réjouissez-vous, Lucette, demain c'est la fin de vos ennuis.

— Et pourquoi ?

— Bonvent s'écrase demain sur la terre. Adieu les tristes pensées ! Nous ne serons plus là pour deviser.

— Sornettes ! Je vous l'ai déjà dit, Maguy. Arrêtez de croire ce que l'on vous raconte !

— Le monde entier est d'accord… La télé, la radio, les journaux… C'est quand même un signe.

— Un signe de rien du tout! Et même s'il fait un piqué sur la terre, ce n'est pas la planète Mars! Une simple caillasse ne va pas tout détruire!

— C'est peut-être la fin de l'homme, Lucette! Moi, j'ai peur!

— Il faut juste qu'il tombe au bon endroit. Au Moyen-Orient, par exemple…

— Lucette!

— Ou alors la Russie! Pas mal non plus!

— Vous ne vous rendez pas compte de la gravité de la situation…

— Sur l'Élysée! Encore mieux!

— Ah notre Président! Depuis qu'on sait ce qui nous attend, il a disparu!

— Depuis de Gaulle, rien que des nuls!

— C'était quelqu'un de Gaulle…

— Vous dites que c'est pour demain?

— Oui.

— Le jour du Seigneur! C'est louche quand même… Et mon fils qui ne sera pas avec moi…

— Il est où, votre fils?

— Si je le savais!

— Si vous voulez, je peux venir vous chercher. On va attendre à plusieurs, chez Mme Rousse.

— C'est gentil, Maguy, mais je préfère rester chez moi.

— Vous n'aurez pas peur?

— Ça ne sert à rien d'avoir peur.

— Vous êtes forte, Lucette. Je vous admire. Moi, je suis terrorisée…

— Vous êtes trop sensible, Maguy. Vous vous racontez trop d'histoires… L'imagination, ça rend fragile.

— Alors on se dit adieu ?

— Au revoir, Maguy, ce n'est qu'un au revoir !

— Je vous aimais bien, Lucette !

— Pas d'apitoiement, Maguy ! Surtout pas d'apitoiement ! Et à lundi ! »

37

Auréolé de gloire dans son short bleu, Pierre Martin ne va pas se laisser aller. Il n'aime pas du tout la tournure que prennent les événements. Il a des informations, lui, pas comme les vieilles ramollies d'ici. C'est la débâcle sur la planète. Passé le premier moment d'incertitude, les foules se déchaînent. L'instinct a repris le dessus. Sauf dans ce bled de vieilles ! Ici, la date de péremption est franchie depuis des lustres ! Ici, rien ne bouge. Pierre Martin soupire et passe la seconde. Lui va faire son dernier marathon tout seul. Pour lui-même. Mourir en courant, c'est ce qu'il y a de plus beau. Molière est mort sur scène, Pierre Martin crèvera dans ses Nike. On approche donc de la fin, il faut en convenir. Le cerveau du jeune vieillard bouillonne. Il y a bien quelques vieilles qui se suicident. Il paraît qu'elles grimpent sur le toit du Super-U ! Quel joli perchoir ! Le crématorium est débordé. D'ailleurs, tout le monde a déserté, là-bas. À quoi bon enterrer ? Il paraît qu'il n'y a plus qu'un seul jeune homme, un fou, un accro du four ! Une deux. Pierre Martin allonge sa foulée. C'est une magnifique journée d'avril sur la planète terre. C'est bizarre, rumine notre athlète. Il faut bien reconnaître que ça ne tourne plus très rond depuis longtemps dans notre pays. Une deux. Le soleil éblouit. La nature revêt ses plus beaux atours. Il pense à Nicole. Quelle niaise ! Il a voulu la revoir. Il a sonné plusieurs fois chez elle. Il l'a appelée. Aucune réponse. Elle a dû partir en douce. Mais où ? À part papa maman, il n'y avait rien dans sa vie. C'est incroyable d'être handicapée à ce point. À peine commencée, cette histoire est finie ! L'avantage de la situation, c'est qu'on ne risque pas de perdre de temps. Pierre Martin arrive au carrefour du grand séminaire et prend le sentier à droite. Il n'a pas de nouvelles de ses enfants. Il ne leur donnera pas de nouvelles. Ce n'est pas à lui d'appeler. Il regrette un peu que tout s'arrête si vite. Il est jeune encore. Il aurait pu en profiter encore pendant quelques années. Il regrette, pour les biens et pour l'argent. Quand même, il avait de quoi. Ça va être gâché. Au moins, et c'est déjà ça, il sait que ce ne sont pas ses enfants qui hériteront ! Cet astéroïde tombe à pic. Après lui, le déluge. Ces petits cons n'auront rien. Avec leurs grands airs, ils se font avoir comme tout le monde. Quel dommage, quand même, de perdre son appartement qui valait une jolie somme. Lui, l'argent, il a toujours aimé. Il en faut. Et plus, c'est mieux que moins. Ça le fait rire, lui, tous ces gens qui râlent contre le capitalisme. C'est toujours ceux qui n'ont pas et qui aimeraient avoir qui vous font de grands discours. Mais dès qu'ils ont, ces gens-là ne chantent plus la même chanson. L'argent, l'homme a rien trouvé de mieux. C'est le seul truc qui l'excite vraiment. Et ça, depuis la nuit des temps. Les guerres, les magouilles, les assassinats, tout, tu peux chercher, derrière, il y a toujours l'argent. Une deux, notre athlète accélère. Quant tu as l'argent, tu es le roi. À part ça, Pierre Martin ne ressent pas grand-chose. Cette histoire ne le bouleverse pas vraiment. C'est l'avantage d'être vieux, même si l'on reste jeune comme lui. Les sentiments, l'émotion, ça a une tendance à s'émousser. Il faut reconnaître qu'il ne s'est jamais embarrassé. Le sentiment, ça brouille. Et lui préfère voir clair. Le sentiment, c'est des trucs de bonne femme. On ne peut pas réussir avec ça. Là aussi il rigole quand il entend ces imbéciles critiquer nos hommes politiques parce qu'ils sont dénués de scrupules. Si t'as des scrupules, tu fais pas de poli-tique ! Clair comme de l'eau de roche. Si t'as des scrupules, tu fais curé, comme le père Catelan. Et encore, les curés, faudrait pas regarder de trop près. Pierre Martin sourit. Ce sont des hypocrites tous ces amoureux des bons sentiments. C'est impossible au niveau planétaire. Les oiseaux, autour de notre sportif, font entendre un joli ramage. La vie, c'est la guerre, il le sait, Pierre Martin. Et si c'est tout mou chez nous depuis des décennies, c'est qu'on n'a pas eu la guerre. Et quand on ne fait pas la guerre, on décline. Quand un pays commence à geindre à l'unanimité parce que dix de ses soldats sont morts dans une embuscade, on peut le dire sans crainte, c'est un pays foutu. On va se prendre bientôt une de ces raclées majeures de l'Histoire. On est devenu des mauviettes. En Asie, ils doivent bien rigoler. Pierre Martin s'arrête quelques secondes et piétine sur place. Cela dit, l'astéroïde, c'est pas mal comme conclusion. Devant lui s'étend le bassin de sa ville natale. Le Trou. À cette altitude, le silence est léger et doux. Le Trou sommeille dans la brume matinale. Pas de voitures, pas de piétons. Le crématorium carbure plein pot. On voit la fumée qui s'étiole dans le grand bleu. Ce jeune croque-mort, le dernier à être resté sur le pont des affaires funéraires, est étonnant. En voilà un qui est motivé. Plus loin, les collines s'étendent et ondulent. La nature est belle. Notre marathonien respire profondément. Encore plus loin, la silhouette violette des montagnes. Pierre Martin bénéficie d'une vue exceptionnelle. Là-bas, des sommets s'élèvent comme des raz-de-marée, des pics dressent leurs ergots et des glaciers fondent de plus en plus vite. Le jeune vieillard reprend son exercice et descend vers le canal. C'est un parcours qu'il connaît bien. Après le pont, le chemin est plat sur des dizaines de kilomètres. Parfois, il croise quelques aventurières qui avancent à petits pas. Aujourd'hui, c'est le désert total. Pas une vieille, pas un rat. Un avant-goût de la tombe. Le mot « tombe », lugubre, résonne dans l'esprit du vieillard solitaire. Soudain, Pierre Martin ressent de façon fulgurante qu'il n'en a plus pour longtemps. Une douleur indicible lui brise le cœur les oreillettes et les ventricules. Il n'arrive même pas à crier tellement c'est foudroyant. Le ciel est pur. Tout là-haut, un aigle plane dans l'azur. Une angoisse sans nom malaxe le cerveau de l'homme aux pieds agiles. Soudain, en un quart de dixième de seconde qui dure une éternité, Pierre Martin voit l'inanité de sa vie qui est passée en un quart de dixième de seconde et qui ne vaut rien, malgré ses biens son appartement sa voiture son compte en banque et ses idées générales sur l'homme de ce XXIᵉ siècle. Puis le soleil devient sombre comme un sac de poils, la terre devient comme du sang. L'horreur apparaît dans toute son horreur. Pierre Martin auréolé de gloire dans son short bleu claque des dents. S'effondre. Avant de passer de vie à trépas, dans le noir du jour, il a juste le temps d'entendre crier les gonds des portes de la mort.

38

Rue Pérolière, c'est inimaginable. On vit tranquille toute une vie et puis soudain c'est l'hécatombe. On croyait être à l'abri, mais on se berçait d'illusions. Marcellin n'en peut plus. Pourtant, qu'est-ce qu'il a été heureux dans sa boucherie ! Stocker les produits. Choisir les meilleurs morceaux. Les préparer, les couper, les peser. Lui, la viande, ça ne lui a jamais posé problème. C'est beau l'aloyau, les rognons, le foie de veau. En plus, c'est bon pour l'organisme, quoi qu'en disent ces imbéciles de végétariens. La boucherie est petite, tout en longueur, jolie, avec ses carreaux blancs. C'est sa femme qui s'est occupée de la décoration. Il est là depuis toujours, Marcellin. Son fils est censé prendre la succession. Mais aujourd'hui, on ne sait vraiment plus où donner de la tête ! La police, les pompiers, le Samu ne répondent plus. Des vieilles s'écrasent devant chez vous, et tout le monde s'en fout ! Il a fermé le magasin. Il est écœuré. Ce matin, il y en a deux qui sont tombées. Elles grimpent sur le toit de l'immeuble en face et sautent sur son trottoir. C'est dégoûtant.

C'est impossible de vendre de la viande avec des macchabées devant sa vitrine. Les premiers jours, il y a eu un semblant d'ordre. Tout a été tout de suite nettoyé. Mais aujourd'hui, c'est la débandade. On ne peut plus se fier à personne. Il a entendu les corps tomber avant l'ouverture du magasin. Il était en train de trancher du filet. Deux d'un coup. Et puis le silence. Un silence pas rassurant. La rue Pérolière est la rue la plus commerçante de la ville. Il y a là un petit trafic de vieilles, parce qu'elles peuvent, sur cent mètres, faire leurs courses de la semaine. Et les commerçants qui sévissent là sont pleins de bienveillance. Ils écoutent leurs histoires, leur font la conversation, rangent leur panier. Marcellin est un spécialiste. Il sait leur parler et les complimenter depuis des lustres. Lui-même, d'ailleurs, vieillit lentement avec ses clientes. Le temps passe, pour chacun, et heureusement. Sauf qu'en ce samedi, Marcellin a perdu le nord et se planque sans mot dire derrière son store. C'est terrible de voir ces vieilles écrabouillées. Il a eu une vie tranquille, Marcellin. Les cadavres d'humains, c'est pas son créneau. Il en vomirait presque, derrière sa vitrine. Mais l'apocalypse est pour demain et ramasser les vieilles n'intéresse plus personne. Lui, il est quand même venu à la boucherie. Sa femme a bien essayé de le retenir pour passer avec elle cette pénible journée. Leur fils s'est fait la belle sur sa moto il y a cinq jours. Ils n'ont plus de nouvelles. Sa femme pleurniche depuis une semaine. C'est plus fort que lui, ce matin, il est venu travailler. Dans sa boucherie, Marcellin est à sa place. Bonvent peut arriver. Il se postera près de la caisse, à côté de son pâté de campagne fait maison, près de ses saucissons. C'est comme s'il était armé pour dire adieu au monde. Sa femme peut pas comprendre. Et il cherche pas à lui expliquer. Sa boucherie, à Marcellin, c'est sa vie. Il la préfère à tout le monde. C'est peut-être pas normal, mais c'est comme ça. C'est dans les tripes. Il a presque jamais pris de vacances. C'était bon pour sa femme et son fils. Il les retrouvait une petite semaine et ça suffisait largement. Les vacances, c'est l'ennui, lui, il trouve, personnellement. Il en est là de ses réflexions lorsqu'il voit quelques silhouettes s'approcher en douce. Il se planque derrière la fenêtre close et mate l'animation. C'est Mme Chiffe, avec son missel, qui s'est arrêtée. Elle a l'air chiffonné. Toute blanche, elle se signe, ouvre son livre, et commence sa lecture à voix haute. Marcellin soupire. Et voici Mme Cointe et Mme Pauchon, l'une ne va jamais sans l'autre. Elles s'arrêtent, examinent les corps explosés puis se tournent vers Chiffe. Le boucher est tout ouïe.

« Madame Chiffe ! Madame Chiffe ! implorent les deux antiques.

— Oui, dit Chiffe qui n'aime pas être dérangée quand elle prie.

— C'est Mme Chamboléron, là, qui est tout escagassée ! Non ?

— Je ne connais pas Mme Chamboléron, dit Chiffe qui n'aime pas être dérangée quand elle prie.

— Si, si, et elle est avec qui ? implorent les deux antiques.

— Je ne sais pas, reprend Chiffe.

— On dirait Rouby, s'interrogent les deux amies.

— Ce n'est pas Rouby, dit Chiffe.

— Ce n'est pas Rouby ? Et c'est qui alors ? s'interrogent les deux amies.

— On s'en fiche un peu, reprend Chiffe, l'important c'est de prier un peu.

— Vous devriez faire attention, vous risquez de vous prendre quelqu'un sur la figure à rester là au milieu.

— Je m'en fiche un peu, reprend Chiffe, l'important c'est de prier un peu.

— Nous, on n'y croit plus en Dieu quand on voit ce qu'on voit, reprennent les deux amies.

— J'y crois plus que jamais, reprend Chiffe.

— Même le père Catelan s'est carapaté, reprennent les deux amies. Même lui s'est fait la malle ! »

Arrivent, sur scène, quelques vieilles qui viennent voir parce que c'est toujours une bonne façon de passer le temps que de se repaître des faits divers. Elles sont une petite dizaine, là, à faire le pied de grue près des deux suicidées du matin. Elles ont bien vu Marcellin, derrière son store, qui ne bouge pas d'un centimètre.

« Vous avez vu Marcellin ? dit l'une.

— Mais oui ! dit l'autre.

— Où ça ? reprend l'une.

— Derrière son store ! dit l'autre.

— Courageux mais pas téméraire, dit l'une.

— Pourtant, la viande, c'est son rayon ! dit l'autre.

— C'est pas Mme Chamboléron, là, qui est tout aplatie ? dit l'une.

— Mme Chiffe n'est pas convaincue, dit l'autre.

— Pourtant, elle ressemble sacrément à Mme Chamboléron ! dit l'une.

— C'est qui, ça, Chamboléron ? dit l'autre.

— La femme du garde-barrière de Neffles, dit l'une. Celui qui est devenu fou et qui voyait des Martiens partout.

— Vous vous souvenez de ça, vous ? dit l'autre.

— Et comment ! dit l'une. La nièce de la sœur de mon beau-frère habitait à côté de chez eux. Il paraît que c'était pas triste !

— Pauvre Chamboléron ! dit l'une.

— Pauvre Chamboléron ! dit l'autre.

— Je suis sûre que c'est pas Chamboléron », reprend une nouvelle arrivée…

Marcellin, consterné, observe le chœur qui se détourne progressivement des corps démantibulés et se déploie devant sa vitrine. Telles des mouches dans l'étable qui bourdonnent autour des pots remplis de lait, telles sont-elles toutes en train de babiller en zyeutant, dans la vitrine, le magnifique foie de veau en promo du jour.

39

Mme Rouby contemple sa déclaration d'impôt. Elle a reçu le papier elle ne sait plus quand. Elle vient de le retrouver. Elle ne se sait pas comment. Il avait disparu. Et d'un seul coup, il est réapparu. C'est sans intérêt, ces papiers. Avant, c'était son mari qui s'occupait de ça. Elle n'y comprend rien et s'en fiche comme de l'an quarante. À part qu'il faut remplir des cases et elle ne sait pas avec quoi. Elle veut se débarrasser de ce pensum, parce que demain, on ne garantit plus de rien. Elle, si elle meurt, elle préfère être en règle. C'est une vieille habitude dans sa famille. À côté de la feuille d'impôt, elle découvre une enveloppe timbrée et fermée. Ce doit être son écriture. Elle lit et ne connaît pas cette personne à qui est adressé ce courrier. Ses mains saisissent le pli, déchirent le papier et ouvrent la lettre. Encore un papier administratif! Elle n'y comprend rien. Froisse le tout et jette l'ensemble à la poubelle. La maison est silencieuse. Elle a soif et va à la salle de bains prendre son tube de crème hydratante. Elle ne le trouve pas et revient dans sa pièce où, sur la table, gît la déclaration d'impôt. Elle la déchire. Sûr. Les voleurs ont encore sévi. Personne ne la croit ! Mais il se passe de drôles de choses ici. Il se passe de drôles de choses aussi dans le monde. Elle a bien compris que la fin est pour demain. Elle veut aller chez le coiffeur avant. Ce n'est pas mardi, mais elle a envie d'aller « chez Josée ». C'est important d'être présentable. Elle a appelé mais Josée ne répond pas. C'est embêtant. Elle ne se voit pas changer de coiffeur. Ce n'est pas son genre. Quand on a toujours été chez Josée, on reste chez Josée. Ça l'énerve. Elle a envie d'être bien coiffée. Elle va appeler Mme Rousse pour savoir pourquoi ça ne répond pas. Elle sort de la pièce et se dirige vers le séjour où trône son téléphone. Elle fait un détour par la cuisine, ouvre le placard et prend du chocolat. Elle chantonne un air ancien qui tourne en vrille dans son cerveau depuis la mort de son mari. Il ne sera pas avec elle pour assister à la catastrophe. Quel lâche ! Comment aurait-il réagi, lui, pendant ces journées étranges ? Il paraît que cet astéroïde va réellement heurter la terre ? Il paraît que c'est pour demain ? C'est ce que dit Mme Rousse. Elle tourne dans sa maison vide. Au moins, elle n'aura plus à supporter cette existence minable. Elle se regarde dans la glace et voit un visage triste. Est-ce bien elle ? Il faut absolument qu'elle aille se faire faire une permanente ! Elle saisit le téléphone et appelle Mme Rousse. Cela sonne longuement dans le vide, puis une voix pâteuse venue d'ailleurs murmure…

« Allô ?

— Allô ! Madame Rousse ?

— Elle-même, qui est à l'appareil ?

— Madame Rouby !

— Oh ! Madame Rouby, que c'est gentil à vous d'appeler ! Voulez-vous venir ? J'organise un apéritif qui durera toute la soirée, toute la nuit et toute la journée de demain jusqu'à ce que…

— Madame Rousse, Josée est-elle ouverte ?

— Josée ?

— Josée. La coiffeuse.

— Vous voulez aller chez Josée ? !

— Il faut absolument que j'aille me faire coiffer !

— Mais vous êtes folle, madame Rouby ! L'heure n'est plus à la permanente !

— Détrompez-vous, moi, je sens que je ne peux pas mourir sans une petite couleur !

— Tout est fermé, madame Rouby ! Tout ! À part le crématorium, plus personne ne travaille !

— Quel ennui ! » dit Rouby qui raccroche ni une ni deux.

Quelque part en elle, il y a peut-être un sursaut de quelque chose qui ressemblerait à de l'énergie. Elle est comme ça, Mme Rouby. Quand les autres vont bien, elle va mal. Mais quand ça commence à aller mal pour le monde entier, alors elle se sent nettement mieux ! Les gens ne se ressemblent pas. C'est à croire qu'elle a tout à l'envers, Rouby. Maintenant que l'angoisse se répand sur Le Trou, en son for intérieur, notre vieille amie sent le soleil se lever pour la première fois depuis qu'elle est veuve. Elle en est presque étourdie, de cette légèreté nouvelle. En fait, Rouby, c'est une tragédienne. Rien de tel que demain, où tout va être saccagé, où tout va être gâché, pour qu'elle respire enfin. Rien de tel qu'une ville qui va brûler dans un coin de jour qui se lève pour qu'elle appelle cela l'Aurore…

40

Kevin ne sait plus où donner de la tête. Son ardeur est grande à essayer de faire régner l'ordre dans le crématorium. On dirait un lion qu'un berger, aux champs, veillant sur ses brebis, a blessé à l'instant même où il sautait dans l'enclos. Au lieu de le maîtriser, le berger n'a fait qu'exciter sa force. C'est avec une fureur pareille que Kevin bondit à droite à gauche, ouvre un four, le remplit, ouvre un four, le vide, et rebelote jusqu'à tomber de fatigue. Il ne comprend pas que les autres aient déserté. Il trouve ça honteux. Lui restera jusqu'à la fin. Ça ne se fait pas de laisser tomber toutes ces vieilles mortes. Il a le respect. Les vieilles, c'est ce qu'il y a de plus beau au monde. Leurs corps fripés, leurs visages ravagés, leurs yeux qui n'y voient goutte, leurs oreilles qui n'entendent rien. Les vieilles sont émouvantes. La vie les a malaxées triturées brisées. Elles portent l'empreinte de la mort. Elles sont déjà de l'autre côté et se raccrochent à ce qu'elles peuvent. C'est pour ça qu'elles sont si souvent insupportables. Kevin sue et laisse tomber la veste. Il va lui-même chercher les cadavres. Principalement, au Super-U. C'est là qu'elles sont les plus nombreuses. La rue Pérolière, c'est de la gnognotte à côté. Il a récupéré le fourgon des pompes funèbres et fait le sale boulot à la tombée de la nuit. Il n'y a personne. De vivant. Il ramasse comme il peut. Il n'est pas dégoûté. C'est son boulot. Et puis les vieilles, c'est léger. Ça se transporte comme des couronnes de fleurs. Il fait le plein dans son fourgon et pose le tout au crématorium. Il n'a jamais connu ses parents. Il ne sait pas d'où il vient. La seule personne qui a été douce avec lui, c'est Titine. La femme de Dodo. Elle était très très vieille et très très laide. Elle aimait l'embrasser et il sentait chaque fois sa moustache. Il pouvait venir à n'importe quelle heure, il était reçu comme le roi. Titine aimait cuisiner et lui préparait de somptueux repas. Ils se parlaient peu. Mais lorsqu'elle le regardait, toujours son visage s'éclairait et souriait. Elle avait une façon de lui dire «mon petit» qui l'émeut encore aujourd'hui. Titine est morte un jour d'hiver. Kevin s'est senti abandonné une nouvelle fois. Il revoit le corps exposé dans la pièce qui servait de cuisine de chambre de salle de bains. C'est en veillant Titine que Kevin a découvert sa vocation. Malgré la douleur, il a éprouvé un vrai soulagement. Comme c'était calme, la mort. Comme les heures passées près d'un cadavre ne ressemblaient à rien de ce qu'il connaissait. Les morts ne vous emmerdent pas. Un mort ne réclame rien, un mort ne vous crie pas dessus, ne vous méprise pas, ne vous harcèle pas. Il avait suivi avec envie le ballet des gens des pompes funèbres. Quel beau métier! Et avec ça, pas de risque de pénurie! Voilà qui aurait fait plaisir à Titine, elle qui, pour Kevin, ne craignait qu'une chose : l'horrible chômage dont souffrent tant les jeunes. Il avait postulé juste après l'enterrement. Aux pompes funèbres, il s'était immédiatement senti chez lui. Tout lui plaisait. S'occuper des fleurs, des cercueils, des cadavres. Surtout de ceux des vieilles. Il avait un faible. Les filles de son âge ne l'ont jamais intéressé. Ça n'a pas de goût, pas d'épaisseur. C'est souvent nunuche. Ça ne pense qu'au confort et à la sécurité. C'est ennuyeux. Les vieilles sont pleines de mystère. Elles portent en elles leur vie qui leur échappe. C'est un poids qui peut parfois les écraser. Combien d'années passées pour en arriver là ? Bossue, claudicante, sourde ou borgne ? Combien d'histoires, combien d'oublis ? Kevin est muet d'admiration. Elles sont les vraies déesses. Nombreuses et uniques. Elles sont le signe de notre temps. Il s'en fout, lui, de demain. Il peut tout péter, Bonvent. Ce serait juste sympa s'il ne tombait pas sur le crématorium. Il est trop bien cet engin. Sans lui, là, il serait dans le pétrin. En attendant, il ne faut pas faiblir. Tous les fours sont en activité. Il faut trier, nettoyer, préparer. La journée entière, c'est une lutte douloureuse ; la fatigue et la sueur, sans répit, souillent ses genoux, ses jambes et ses pieds. Pour se donner du courage, il se met à pousser des cris, des appels pareils à ceux des oiseaux. Il est concentré, son corps est devenu une machine. Il faut déblayer, transformer en cendres un maximum de corps dans la journée. Il ne l'a pas entendu venir. Il est dans ce qu'il fait. Il est entré dans la mort rouge. Elle le regarde et trouve le tableau terrifiant. Elle a hésité avant de se déplacer. Tout est d'un seul coup si étrange. La ville entière a basculé. Peut-être le monde entier a basculé. On ne sait plus rien. Elle n'arrive pas à croire que c'est la fin. Elle ne l'imagine pas comme ça. Mais, certainement, c'est impossible d'imaginer comment la vie s'arrête. Elle a décidé de rester sereine. Elle a choisi son plus beau tailleur. Son plus beau foulard. Et elle est venue rendre visite à Kevin puisque, depuis quelques heures, il a l'air surbooké et ne répond plus à ses appels. Elle l'appelle plusieurs fois en vain. Il est beau, ce grand jeune homme, mais il est morbide. Il n'y a plus personne dans cet établissement. Tous ont préféré fuir et lui reste là à faire des heures supplémentaires. Dégoulinant de sueur, il s'arrête pour reprendre son souffle et se tourne soudain vers elle.

« Ma puce !

— Kevin !

— Qu'est-ce que tu fais là ?

— Et toi ?

— Je bosse. Y a du taf. Je peux pas laisser ça comme ça.

— Tu ne veux pas m'accompagner ? Il n'y a plus personne ici. C'est sinistre de terminer sa vie ici.

— Sûrement pas ! C'est magnifique de terminer sa vie ici ! Regarde toutes ces vieilles qui n'ont personne pour s'occuper d'elles. Regarde ! Je ne vais pas les abandonner !

— Mais elles sont mortes, Kevin, et je suis vivante… »

41

Elle a réussi à s'extraire de dessous la table. Elle se redresse et décide de faire une dernière fois le tour de son appartement à la noix. Elle est furieuse, Nicole. C'est une première. Dommage que ce soit juste avant de trépasser. Une vie d'économies pour un cinq pièces qui ne servira à rien ni à personne. Elle s'approche de la baie vitrée qui donne sur le bassin du Trou. Vue magnifique. Ciel bleu. Pas un souffle. Juste la fumée du crématorium. Elle va dans sa chambre, admire l'armoire, le lit, le couvre-lit rose qu'elle a depuis toujours. Elle se regarde dans le miroir et ne reconnaît pas le visage ravagé par la peur qui la fixe. Une rage noire, froide, la submerge. Mais qu'est-ce qu'elle a été imbécile ! Et tout est fini. Il n'y a plus de choix. Les guichets de la vie sont fermés. Définitivement. Elle aura fait comme on lui a dit de faire. Sans se poser de question. Sans chercher autre chose. Pendant des dizaines d'années ! Et elle a trouvé ça confortable. Elle n'a pas voulu voir plus loin que le bout de son nez. Elle n'a pris aucun risque. Dans le moule. Dans la tombe oui ! Morte vivante.

Ses parents, en fait, ont été des vampires. Pour la première fois, elle leur en veut. S'ils étaient encore de ce monde, qu'est-ce qu'elle leur mettrait ! Elle fonce dans la cuisine. Ouvre les placards, saisit un bloc de foie gras. D'accord, elle a été une morte vivante, mais maintenant elle va devenir une morte morte ! Et si elle veut être sincère avec elle-même, elle a la trouille. Dans le frigo, la bouteille de jurançon lui ouvre les bras. Faire chauffer les toasts comme si tout allait bien. La boîte résiste. Elle s'entaille la main et le sang gicle. Ça la calme d'un coup. Elle nettoie, panse la plaie, puis prépare son dernier repas. Elle a toujours aimé le foie gras et le jurançon. Elle n'en a pas proposé pour sa crémaillère. Il ne faut quand même pas exagérer. Elle vérifie une dernière fois que la porte d'entrée est fermée à double tour. Elle n'y sera pour personne. Plus de Pierre Martin auréolé de gloire dans son short bleu. Plus de vieilles. Plus de ville-mouroir. Nicole glisse sous la table pour toujours. Elle pose le vin le verre l'assiette et la dent. Assise, calée, Nicole se recroqueville. Elle voudrait être un animal, creuser son refuge sous terre, fermer les yeux et attendre, seule. Elle voudrait ne rien sentir. Elle essaie de s'abstraire et de faire le vide dans sa tête. C'est impossible. Son cerveau est en ébullition. Des images remontent à la surface. Nicole revoit le film de sa vie. Elle sait qu'il n'y a pas de quoi remplir une salle de cinéma. Elle n'a pas connu le bonheur, Nicole. C'est une évidence. Sa vie, elle est en noir et blanc. La bobine n'a servi qu'une fois, mais elle est aussi usée que l'émail de la dent doudou dans sa main. Seule dans la pièce obscure, Nicole regarde.

Elle voit Moisy et Moisy et Moisy. La pluie sur Moisy et Moisy sous la pluie. Son bureau dans une rue de Moisy. Ses collègues de Moisy. Son appartement de Moisy. Ce n'est pas très original ni très varié. Nicole se dit que c'est vraiment pas grand-chose. Heureusement qu'elle a du foie gras pour tenir le choc. Et voici papa maman. Et voici les châteaux de la Loire, tous, en boucle, pendant des plombes. Quel ennui. Heureusement qu'elle a une bouteille de vin pour faire passer ça. La bobine crisse, hésite, puis continue vaillamment de tourner. Soudain il n'y a plus que du noir. C'est long. On se croirait dans ce film de Jim Jarmusch dont j'ai oublié le nom. Je ne sais pas, vous, mais moi je me suis endormie. Nicole, elle, est très angoissée. Sous la table, elle vit un moment de pur désespoir. Puis une silhouette apparaît. C'est une silhouette d'adolescent, mais dans ce brouillard grisâtre c'est encore bien flou. Le cœur de Nicole, pourtant, ne fait qu'un bond. Sur l'écran, à pas de loup, la silhouette s'approche, s'approche, traverse la pellicule. Deux mains se tendent vers notre retraitée. Puis un regard chaud la palpe de bas en haut, la pétrit dans tous les sens. Elle en danserait le Souappe d'Aoussa-Biné Double-Glisse mais elle se retient de justesse. Soudain, ça y est ! Elle est assise sur la balançoire. Dans le jardin du frère de son père, son cousin Émile la pousse et rit aux éclats. Elle monte de plus en plus haut, c'est un vertige délicieux, la robe retroussée sur les cuisses et le ciel bleu de l'enfance dans les yeux.

42

Le père Catelan n'a pas que ça à faire. Il ne faut pas
traîner. D'abord, aller dans son studio. Se changer. Un
jean, des chaussures de marche, une chemise, un pull.
Dire adieu à ses dernières habitudes. Cet endroit, il
ne l'a jamais aimé. Heureusement, c'est fini. Il laisse
chaque chose à sa place. Emporte la seule photo qu'il
ait de sa mère. Un petit format qu'il glisse dans sa
poche. Il part le cœur léger. Personne ne le regrettera,
il ne regrettera personne. Dehors, Le Trou est mort. On
se demande à quoi va servir l'astéroïde, le boulot est
déjà fait. Prudent quand même, notre héros déambule
dans le quartier historique. Mort itou. Pas une vieille,
pas un rat, pas un chat. C'est parfait, cela facilite ses
affaires. Première à droite, deuxième à gauche, et
voici le parking. Déserté comme il se doit. Tout le
monde est planqué chez lui, songe Catelan. Il s'approche et inspecte les voitures garées là. Il avise un gros
4 × 4 noir rutilant. Il hait ces chars d'assaut vulgaires.
Tourne une première fois autour, puis une deuxième.
Essaie d'ouvrir la portière du conducteur. Merveille.
Ça marche. Se glisse à l'intérieur et traficote sous le

tableau de bord. Si Chiffe voyait Catelan là, de jean vêtu, en train de voler une bagnole, elle tournerait de l'œil. Le char d'assaut démarre. Catelan en est ébaubi. Il accélère et hop, le voici hors de notre vue. Grisé, tel le cow-boy solitaire, Catelan est en route pour faire acte de justice. Son cœur bat la chamade. D'un seul coup, il a rajeuni de vingt ans. Le 4 × 4 est docile. Il suffit d'une seule pression du pied et hop, tel Pégase, il décolle. Notre ami se détend. Les rues sont vides. Excentriques, quelques feux passent au rouge puis au vert. Catelan s'en fiche. Il sait où il va. Ça fait des années qu'il rêve de ça. En plus ce sera bien fait. La famille Fenouil, tous des pourris, avides d'argent. La mère, un monstre, on aurait dit un colonel à la retraite. Le père, un expert-comptable qui avait une calculette à la place du cerveau. Pour couronner le tout, ils ont eu quatre fils. Un cardio-logue, un proctologue, un gynécologue et Gustave, cet imbécile de Gustave, qui possède le plus grand magasin de téléviseurs, ordinateurs, jeux vidéo de la ville. Gustave qui a œuvré activement pendant des décennies à l'abrutissement des habitants du Trou. Catelan le hait. Gustave Fenouil sent le soufre. Il faut lutter contre les hérétiques. Les objets ont tué l'âme de l'homme. Il faut réagir. Catelan est Zorro. Le 4 × 4 rutilant noir fonce et tourne à droite. On se croirait dans un western au moment crucial où, dans la rue principale et vide, les deux ennemis vont se faire face. Ce sera à qui tirera le premier. Catelan est fin prêt. Le magasin n'est pas loin. D'ailleurs le voici. Ce n'est pas la fièvre du samedi, mais le temple du vice est ouvert au chaland. À fond la caisse, Catelan percute la vitrine qui se met à hurler. Accroché à son volant, notre héros exulte et fonce, à droite à gauche, écrabouille toute cette marchandise du diable qui explose. Comme la corne du taureau fou pourfend les palissades rouges de l'arène, le 4 × 4 attaque et bondit et écrabouille. C'est extraordinaire. Gustave Fenouil n'est même pas là pour voir les dégâts. Catelan, soulagé, se dit qu'il a accompli ce qu'il devait accomplir, recule, avance et sort enfin du magasin au triple galop. C'est laid un 4 × 4, mais c'est costaud. Catelan n'en revient pas. Ni vu ni connu, il s'éloigne des lieux du crime. Puis se gare. Descend et marche. Le cœur léger, Catelan fait une dernière fois le tour de sa ville. Ça ressemble à la terre sans l'homme. Une fois celui-ci éradiqué, il n'y aura plus personne pour pleurer sa perte. Toutes nos histoires, depuis des siècles et des siècles, disparaîtront pour toujours. Les plus grands textes, les plus grandes œuvres d'art ne sauveront plus personne. Les plus grandes horreurs commises par l'homme s'évanouiront en fumée. Ce sera comme si rien ne s'était passé. Juste rien. Catelan soupire et s'éloigne du centre-ville. Quelques minutes plus tard, il n'est pas loin du petit séminaire. Un bâtiment isolé, à deux pas de la montagne. Il y a là un jardin qu'il entretenait autrefois. Un bassin plein de poissons rouges. Il suffit de suivre l'allée de prendre le chemin à droite jusqu'au raidillon et après on est au paradis. Une deux, Catelan prend sa vitesse de croisière. Il faut avoir un rythme constant quand on marche. Bien poser les pieds. Bien respirer. Au début, ça fait mal, puis le corps s'habitue, on a l'impression peu à peu d'avancer comme si on voletait. C'est le ciel intense d'autrefois. C'est avril, le mois cruel. La lumière brûle. Tout là-haut, des pics dressent leurs ergots. Tout là-haut, la pierre est bleue. Il est joyeux, Catelan. Il n'en revient pas de se sentir léger comme ça. Le sentier est étroit et raide. Des pierres roulent sous ses pieds. Des branches craquent. L'air grise. Catelan sourit. Comme la montagne est belle. Elle a toujours été sa meilleure amie. Il va monter jusqu'au pic. C'est le chemin le plus ancien, celui qu'il prend depuis l'enfance. Marchant sur les pas d'autrefois, il traverse le temps. Une émotion nouvelle le saisit. Exalté, il accélère le pas et arrive à la Brèche. Devant lui s'étend le bassin de sa ville natale. À cette altitude, le silence est léger. Le Trou sommeille dans la brume matinale. Pas de voitures, pas de piétons. Seul le crématorium carbure plein pot. On voit la fumée qui s'étiole dans le grand bleu. Plus loin, les collines s'étendent et ondulent. Notre ami respire profondément, tourne le dos à la scène et disparaît. Adieu la vie, adieu les vieilles !

43

La Peugeot 305 noir brillant astiquée du matin roule à fond la caisse. Il rate le sentier à gauche. Freine. Recule. Arrive enfin devant la maison maternelle. Il bondit, se précipite sur la porte, fermée, sonne, une fois deux fois, sort ses clefs et met un temps infini à ouvrir. Il sent la panique le gagner et il ne faut pas. Il a charge d'âmes, il a sa mère. Jusqu'à demain. Jusqu'à demain! Il se casse la figure dans l'escalier et appelle sa génitrice. Silence abyssal. Il arrive essoufflé dans la salle de séjour. Elle est assise à sa place habituelle, vêtue de sa chemise de nuit fleurie, et contemple le paysage.

«Maman!

— …

— MAMAN!

— Qu'est-ce que tu fais là?

— Je viens te chercher!

— Pour quoi faire?

— Demain, Bonvent s'écrase sur la terre, je préfère que tu sois avec nous.

— Qu'est-ce que ça change que je sois avec vous?

— On sera ensemble.

— Je n'en ai aucune envie.

— Maman, je ne vais pas te laisser là toute seule. Je m'en voudrais…

— La belle affaire ! C'est avant qu'il fallait s'en vouloir ! Se marier avec cette cruche !

— Arrête !

— Mais c'est toi qui viens me chercher ! Je ne veux pas être avec elle et tes enfants. Encore, tes enfants, ça passerait peut-être. Ils ne sont pas bien malins, tes enfants…

— Tu me fatigues et je suis pressé.

— Quel va être leur avenir, hein ? Tu vas toujours devoir payer. Ils sont mal élevés. On voit bien par qui…

— Je ne suis pas venu entendre tes jérémiades !

— Mais si ! Tu viens régulièrement entendre mes jérémiades ! Et tu sais que j'ai raison.

— Oui ou non, viens-tu avec moi ?

— Mon pauvre Paul, je m'en moque de ton vent !

— Ce n'est pas mon vent, c'est Bonvent. Ils ont prévu la catastrophe pour demain en fin de matinée.

— Très bien !

— Comment ça, très bien ?

— Eh bien, ce sera fini tout ce cinéma. Tu crois que c'est drôle de passer ses journées à regarder les voitures aller et venir sur la route ?

— Tu pourrais faire autre chose…

— Non, je ne pourrais pas faire autre chose parce que je n'en ai pas envie. Je n'ai pas envie de faire comme si j'avais l'avenir devant moi. Alors que je suis vieille, abandonnée par mon fils et que j'attends la mort !

— Arrête !

— Ça finira bien par arriver ! Ne t'inquiète pas, tu seras débarrassé.

— Maman !

— Je n'aurais jamais cru que ce serait ça une vie…

— Tu n'es pas à plaindre pourtant ! Et je viens te voir tous les jours…

— Tu verras quand tu y seras.

— On a le temps… Et puis avec Bonvent…

— Tu y crois, toi, à ces bêtises ?

— Le monde entier y croit !

— Raison de plus de se méfier.

— Oui ou non, viens-tu avec moi ?

— Je n'en ai pas envie. Je suis mieux là que chez vous.

— Agréable ! Jusqu'à la fin, tu auras été délicieuse !

— Tu n'aimes pas la vérité, mon fils. Tu te mens à toi-même depuis si longtemps…

— Bien, alors on va se dire adieu…

— Et mon opération alors ? Qui va s'occuper de moi ?

— Tu verras bien, maman !

— Qui va appeler la clinique pour prendre rendez-vous ?

— Je croyais que tu ne voulais pas être opérée…

— Tu préfères m'abandonner…

— Je ne t'abandonne pas, tu ne veux pas venir.

— Ils m'ont tous abandonnée…

— Je deviens fou !

— Finalement, tu es comme ton père…

— Maman, adieu, là, je t'embrasse…

— C'est ça. Fuis !

— Ce n'est pas bien de se quitter comme ça.

— C'est toi qui es responsable…»

Excédé, il s'éloigne. Claque la porte. Monte dans sa voiture. Son cœur cogne. Il a envie de hurler. Il la hait. Elle est monstrueuse. Il démarre et fonce. Vite, de plus en plus vite. Pourquoi a-t-on une mère ? Il ne le voit pas venir mais il est pourtant là. Dans un énorme bruit de ferraille, la Peugeot 305 noir brillant astiquée du matin s'écrase, c'est pathétique, contre un camion frigorifique qui roule à fond de train.

44

« Redescends, redescends dans ta simplicité. Je viens de voir les guêpes travailler dans le sable. Fais comme elles, ô mon cœur malade et tendre : sois sage, accomplis ton devoir comme Dieu l'a dicté. » Mme Chiffe soupire et croise les doigts. C'est la nuit, la douce nuit étoilée. Tout est calme alentour. Les astres scintillent là-haut. On ne dirait pas qu'il va se passer quelque chose. Le ciel est paisible. Elle a ouvert sa porte et installé sa chaise sur le seuil. Place de la Doucette, il ne fait même pas froid. Quelles drôles de journées viennent de passer ! Toutes ces vieilles qui se sont suicidées ! Elle n'en revient pas, Mme Chiffe. Elle s'est démenée comme elle a pu. Elle n'a pas pu grand-chose, il est vrai. Mais elle a prié pour ces âmes perdues. Elle s'est sentie seule. Elle a bien vu que Dieu n'intéresse plus personne. Même le père Catelan a disparu ! « Ô convoi solennel des soleils magnifiques, nouez et dénouez vos vastes masses d'or. Doucement, tristement, sur de graves musiques, menez le deuil très lent de votre sœur qui dort. » Mme Chiffe a pris ses livres de poésie. Elle est prête pour le grand voyage. Elle veut entrer dans la mort les yeux ouverts. Elle a apporté un bougeoir. Elle regarde la flamme et la cire qui fond lentement. Sur sa chaise, que ressent-elle ? Elle ne sait. Elle préfère voir le verre à moitié plein qu'à moitié vide. Elle n'arrive pas à paniquer. Elle préfère admirer ce qu'elle aime jusqu'à la dernière seconde. « Tout ce qui fut ta fange et ta splendeur si brève, ô Terre, est maintenant comme un rêve, un grand rêve, va, dors, c'est bien fini, dors pour l'éternité. » Les poètes sont doués de visions. Depuis le début de l'histoire de l'humanité, tout est écrit. L'homme se détruit. Tout cela par orgueil et à cause du fameux veau d'or. Et voilà qu'elle va vivre ça, elle, Béatrice Chiffe ! Quelle émotion ! Être là quand tout explose. C'est une vraie chance, un cadeau de Dieu. Elle ne comprend pas tous ces suicides. Les gens sont terrorisés. Alors que la vie et la mort sont des cadeaux ! Il faut que l'humanité soit bien perdue pour qu'on se retrouve avec des dizaines et des dizaines de vieilles suicidées par jour. Chiffe, si elle s'écoutait, elle ferait une grande fête. Une fête digne de l'homme et du Dieu qui l'attend. Le chat de Mme Rousse, qui traîne jour et nuit dans la ville, apparaît soudain place de la Doucette. Décontracté, loin des affaires qui agitent les habitants du Trou, il avance et s'approche de notre vieille amoureuse des Lettres. Renifle ses pieds, les livres posés par terre, et entre dans la cuisine. Normalement, elle bondirait et le ferait sortir manu militari. Mais cette nuit est une nuit de trêve. Même pour les chats. Même pour ce quadrupède bien trop gras qui a ses quartiers chez Mme Rousse et qu'elle n'aime pas. Elle se prend à rêver. Plus loin, à des centaines et des centaines de kilomètres, la bise souffle. Les arbres se tordent, les branches craquent, les feuilles sifflent. C'est aussi la nuit, la nuit qui n'en finit pas. Béatrice Chiffe sourit. Elle imagine notre bonne vieille planète, avec ses villes et ses déserts, avec ses mers et ses montagnes. Que c'est beau, quand on y pense ! Et même en restant là, juste là, au Trou. Elle n'a jamais quitté son pays. Le bleu du ciel, ici, ne ressemble à aucun autre. Elle sait qu'elle mourra avec cette couleur en elle. En attendant, on dirait que l'humanité entière s'est calfeutrée dans ses appartements. La peur isole. « Je suis tout à la tristesse de ma vie perdue dans les bois que le vent berce. Je suis tout à la détresse de ma vie sans but dans l'ombre des bois touffus. » Que c'est beau ! Elle aurait aimé écrire. Elle n'a jamais osé. Il doit falloir être particulier pour composer un poème. Forcément, on n'est pas comme les autres quand on fait des vers. Ses amies se sont toujours moquées d'elle quand elle leur parlait de ses lectures. Il y a bien d'autres choses à faire que de s'abîmer les yeux à lire des sottises. Ce qui est écrit, c'est rien que des mensonges. Elle ne pense pas du tout ça, Béatrice, au contraire. Ce qui est écrit est bien plus vrai que tout ce qu'on voit à la télé par exemple. Ce qui est écrit lui tient compagnie depuis des années. Les vers de Francis Jammes n'ont pas vieilli, contrairement à ses amies et à elle-même. Au-dessus de la rue où rêve Béatrice, le ciel est vide. Aucun signe annonciateur de Bonvent. Aucune perturbation atmosphérique. Dans la nuit de l'univers dansent les divines constellations. Ça ressemble comme deux gouttes d'eau à hier à la même heure. Béatrice songe peu à peu à sa vie passée et à Robert, son mari disparu d'un seul coup sans crier gare. Où est-il à cette heure ? Peut-être observe-t-il aussi la nuit en attendant le jour de la fin de notre histoire ? Elle ne l'a pas oublié, même s'il n'a vraiment pas été gentil avec elle. Pourquoi, après cette histoire, n'a-t-elle plus jamais voulu rencontrer un homme ? Elle n'a été mariée que trois mois. Elle aurait pu refaire sa vie. Il y en a même qui lui ont tourné autour. Elle n'a jamais dit oui. Pour la première fois, en cette dernière nuit sur terre, Béatrice se dit qu'elle aurait pu faire autrement. Pour la première fois, un doute insidieux s'insinue. Elle hausse les épaules. Il est trop tard maintenant. Alors à quoi bon remuer ce qui fait mal ? Elle qui critique l'orgueil de ses contemporains, n'est-elle pas comme eux, finalement ? C'est par orgueil qu'elle est restée digne, pendant des décennies, devant l'affront commis. Et si c'était de la connerie, murmure à son oreille une petite voix maligne. Mme Chiffe éternue et remue sur sa chaise. Il ne faut pas trop penser. Il vaut mieux croire en Dieu et voir le verre à moitié plein. Avec tendresse, elle reprend son recueil de poèmes. «Faites qu'en me levant, ce matin, de ma table, je sois pareil à ceux qui, par ce beau dimanche, vont répandre à vos pieds dans l'humble église blanche, l'aveu modeste et pur de leur simple ignorance.»

45

L'aurore en robe de safran éclaire les lointains. À l'est, les sommets prennent la couleur des doigts de rose. Tel l'étalon, trop longtemps retenu, qui rompt soudain son attache et bruyamment galope dans la plaine, tels les chevaux du soleil bondissent et s'élèvent dans l'azur. Elle est dans sa cuisine et assiste à l'explosion lumineuse. Depuis la mort de son mari, elle ne croit plus en rien mais elle est bouleversée par la naissance de l'aube. Elle boit son café et regarde le ciel. Elle ouvre la fenêtre, l'air froid la saisit. Elle a reçu un appel téléphonique de sa fille qui attend la fin du monde au fin fond de l'Asie. Élodie lui a fait ses ultimes recommandations, puis elles se sont dit adieu. Ce chapitre-là est enfin bouclé. Le soleil est déjà haut. Elle sort faire le tour du propriétaire. C'est leur maison depuis toujours, à Gilbert et elle. Elle a un pincement au cœur, mais elle est décidée. Elle a déjà sorti la 106 verte constellée de bosses. Elle a tout vérifié dix fois. Elle est rentrée chercher la valise. Tout est prêt et rangé depuis plusieurs jours. Elle porte l'objet avec difficulté jusqu'au coffre de la voiture.

Ils se sont donné rendez-vous à dix heures du matin avec Gilbert. Depuis sa première apparition dans le jardin, il vient lui rendre visite régulièrement. Il ne dit rien. Elle sait bien qu'il n'est plus de ce monde. Mais c'est bien lui, chaque fois, qui lui sourit et la regarde. Chaque fois, elle sent son cœur bondir comme s'il allait sortir de sa bouche. Chaque fois, elle lui parle et fixe son visage. Il hoche la tête et la contemple. Chaque fois, avant de disparaître, il lui tend la main. Qu'elle ne saisit pas. La rosée mouille ses chaussures. Elle a froid aux pieds. Elle a toujours eu froid. Elle se dirige vers le pommier. C'est là qu'ils doivent se retrouver. Des oiseaux chantent joyeusement dans les haies. C'est avril. Le mois de la lumière. Elle regarde la maison. Une bâtisse sans prétention qu'ils ont retapée. Comme ils ont été heureux sous son toit ! Comme la vie a été un long fleuve tranquille… Elle laisse la table et les chaises de jardin dehors. Cela donnera un air habité. La façade est d'une couleur passée. Un vieux rose. Les volets sont verts. La fenêtre de la chambre d'Élodie ne ferme plus. Il faudrait réparer. Les maisons mangent leurs habitants. Elle n'a plus le temps, et plus l'envie. Un geai s'égare bruyamment dans la haie. Elle voit un chat d'une étrange couleur bondir vers l'oiseau qui lui échappe et prend son envol. Vexé, le chat se tourne vers elle et lui sourit. Elle se dit que ses yeux lui jouent décidément des tours, elle n'a jamais vu de chat de cette couleur. L'eau du ruisseau, plus haut, jase gaiment. Le chat s'approche et se frotte contre ses jambes. Il est très gras mais très doux. Elle ne l'a jamais vu par ici. Elle sourit, émue par le spectacle matinal de son jardin, lorsqu'elle sent une présence et sursaute. Près du pommier se tient Gilbert. Chaque fois, elle se dit qu'elle rêve. Mais non. D'entre les morts, Gilbert revient rendre visite à son vieil amour perdu sur la planète terre. Elle sent une déchirure dans sa poitrine, son sang se met à turbiner dans ses artères. Puis c'est une grande chaleur et elle se transforme en volcan. Les mots glissent hors de sa bouche comme une lave précieuse. Elle lui explique tout. Bonvent et la fin du monde pour aujourd'hui dimanche. Leur fille, loin d'eux. Elle, seule, et décidée à partir. Elle a fait le plein d'essence. Elle a préparé leur valise. Il aura ses affaires. Ils prendront la voiture et quitteront ce pays. Ils referont ensemble ce voyage merveilleux qu'ils ont fait il y a des années. Ils rouleront sans fin. Veut-il venir avec elle ? Elle répète sa question. Il sourit. Elle lui tend la main. Il la regarde avec intensité et tend sa main. Elle est tout excitée et l'entraîne vers la 106 verte constellée de bosses. Il la suit et s'installe à côté d'elle, devant, à la place du mort. Le chat, preste, a sauté dans la voiture et s'est installé derrière. Elle hésite, puis hausse les épaules. Il n'y a plus qu'à. Elle pose son sac à ses pieds, bien en vue. Elle démarre et laisse le moteur tourner. Il faudrait qu'elle mette ses lunettes de soleil, sinon elle ne va pas voir grand-chose. Mais elles ont disparu, alors tant pis, elle fera sans. C'est un jour d'avril. Gilbert est assis près d'elle et la regarde. Le bleu du ciel par-dessus les toits. La beauté du moment la remplit de joie. Ils disent adieu à leur passé. Elle se retrouve vite sur la route. Personne à droite personne à gauche. C'est ce qu'elle imagine. Dans la voiture, elle est libre. Gilbert ouvre lentement la fenêtre côté droit. Il ne peut rien leur arriver de mal. L'engin ronronne. Elle doit faire du trente à l'heure, mais ils sont partis pour le tour du monde. Mitsou, sur la banquette arrière, se dit qu'il sera bien mieux là que chez Mme Rousse qui a perdu la tête. Ils ont l'air bien sympathique ces deux-là. Ça va lui faire des vacances. Tout autour, c'est un brouillard lumineux. Nez au vent, ils iront au gré du hasard. Le voyage sera leur destination. Ils ne parlent pas. Chacun cueille sa fleur au vert jardin des rêves. Elle est heureuse comme au premier matin du monde. Ils sont partis pour toujours. Derrière eux, un long bras timbré d'or glisse du haut des arbres.

Elle clignote, prend la Nationale et accélère.

DU MÊME AUTEUR

Aux Éditions Joëlle Losfeld

TROIS GRAINS DE BEAUTÉ, 2004

MORIBONDES, 2005

FOL ACCÈS DE GAÎTÉ, 2006

LES AMANTS DE BORINGE, 2007

LES VIEILLES, 2010 (Folio n° 5320)

Chez d'autres éditeurs

VERTIGE, Quai Voltaire, 1992

MERCREDI, Phébus, 2000

FRÈRES, Le Castor Astral, 2002

COLLECTION FOLIO

Dernières parutions